〔美〕海明威 著

张鹏飞 译

春潮
第五纵队·西班牙大地
海明威诗集

The Torrents of Spring
The Fifth Column The Spanish Earth
Ernest Hemingway Poems

海明威全集

四川大学出版社

项目策划：段悟吾　王　军
责任编辑：杨　果
责任校对：李施余
封面设计：天恒仁文化传播
责任印制：王　炜

图书在版编目（CIP）数据

春潮·第五纵队·西班牙大地·海明威诗集／（美）
海明威著；张鹏飞译．— 成都：四川大学出版社，
2018.10
　　（海明威全集）
　　ISBN 978-7-5690-2450-0

　　Ⅰ．①春… Ⅱ．①海… ②张… Ⅲ．①文学—作品综
合集—美国—现代 Ⅳ．① I712.15

中国版本图书馆 CIP 数据核字（2018）第 231550 号

书名	春潮·第五纵队·西班牙大地·海明威诗集
	CHUNCHAO·DIWU ZONGDUI·XIBANYA DADI·HAIMINGWEI SHIJI
著　　者	海明威
译　　者	张鹏飞
出　　版	四川大学出版社
地　　址	成都市一环路南一段 24 号（610065）
发　　行	四川大学出版社
书　　号	ISBN 978-7-5690-2450-0
印前制作	天恒仁文化传播
印　　刷	成都市兴雅致印务有限责任公司
成品尺寸	145mm×210mm
印　　张	12.25
字　　数	209 千字
版　　次	2020 年 1 月第 1 版
印　　次	2020 年 1 月第 1 次印刷
定　　价	59.80 元

扫码加入读者圈

◆ 读者邮购本书，请与本社发行科联系。
　电话：(028)85408408/(028)85401670/
　(028)86408023　邮政编码：610065
◆ 本社图书如有印装质量问题，请寄回出版社调换。
◆ 网址：http://press.scu.edu.cn

四川大学出版社
微信公众号

目录

春潮

春潮

前言

　　欧内斯特·米勒尔·海明威（1899—1961），出生于美国伊利诺伊州芝加哥市郊区奥克帕克，美国作家、记者，被认为是20世纪最著名的小说家之一。海明威一生之中曾荣获不少奖项。他在第一次世界大战期间被授予银制勇敢勋章；1953年，他凭借《老人与海》一书获得普利策奖；1954年，《老人与海》又为海明威夺得诺贝尔文学奖。2001年，海明威的《太阳照常升起》与《永别了，武器》两部作品被美国现代图书馆列入"20世纪中的100部最佳英文小说"中。海明威一生中的感情错综复杂，先后结过四次婚，是美国"迷惘的一代"作家中的代表人物，其作品中对人生、世界、社会都表现出了迷茫和彷徨。1961年7月2日，海明威在爱达荷州凯彻姆的家中用猎枪自杀身亡。海明威一向以"文坛硬汉"著称，他是美利坚民族的精神丰碑。在叙事方式上海明威喜欢用展示和讲述，展示一般用对话的方式表现出来，而讲述多是描写，人物则一般不讲话。但在《春潮》中海明威除了用到展示和讲述，还用到了重复、意识流和元叙事的叙事方式，这样就进一步展示了海明威高超的叙事艺术。

《春潮》是海明威用时6天一挥而就的作品，由于它是海明威嘲笑好朋友安德森的小说《黑色的笑声》的戏仿之作，因此该作品不常为人挂齿，成为被评论遗忘的角落。当时评论界有人认为初出茅庐的海明威是受了安德森的影响，傲气的海明威不服气，就写了这部戏仿之作，目的是表示自己的创作与安德森毫不相干。正因为有这样的背景，这本1926年出版的作品直到20世纪八九十年代才被美国的海明威研究者认真对待，历经了60年才获得认可。固然嘲弄一个曾帮助过他的朋友确实不应该，但海明威在戏仿的同时，却也认真地尝试使用多种叙述技巧，显示了他出色的才华，绝顶的智慧。撇开创作动机不谈，就这部小说本身而言，其实是很灵巧、很有意味的，他同时代的作家多斯·帕索斯认为这部小说写得很风趣，菲茨杰拉德称赞它妙趣横生。

《春潮》主要讲述了美国青年作家斯克里普斯的妻子与女儿相继出走后，他在小饭馆中邂逅中年女招待、爱好文学的英国人戴安娜，并与之闪电结婚。可是不久后，他又迷上了接替戴安娜的女招待、熟识文坛掌故的曼迪。斯克里普斯的同事瑜伽·约翰逊在参加第一次世界大战期间，在巴黎有过一段"艳遇"，结果中了"仙人跳"，从此对女人不感兴趣，后来其与一个印第安女人发生了一些妙趣横生的奇事。本书是海明威唯一的戏仿之作，兼有浪漫主义和自然主义的风格，属于另类作品，从叙事学角度看大有研究的价值，是世界文学界一部非常值得研究的小说。

卷首语

　　也许正是由于能说明一位喜剧作家最不该有背离自然的借口，对一位严肃的诗人来说，要接触伟大而值得称颂的事情也许并不很容易；但是生活却处处给一位善于捕捉的观察者提供荒唐可笑的依据。

——（英）亨利·菲尔丁[1]

---

[1] 本书卷首及以下四部部首的引文都引自长篇小说《约瑟夫·安德鲁斯的经历》（1742）序言，亨利·菲尔丁在文中详细阐明了他对讽刺喜剧创作的见解。

第一篇　红色与黑色的笑声

真正荒唐可笑的事都是矫揉造作。

——（英）亨利·菲尔丁

第一章

瑜伽·约翰逊站在窗前向外望，这里是密歇根州的一家大水泵制造厂。春天的步伐就要近了，有个摇笔杆的伙计哈钦森曾写过："冬天来了，春天还会远吗？"[1]难道今年还是如此？瑜伽·约翰逊思索着。在瑜伽旁边的那个窗口旁站着斯克里普斯·奥尼尔，他是一个又高又瘦、有张瘦长的脸的青年。两人凝视着水泵厂空无一人的院子。大雪掩盖了即将被运走的水泵。只有等到冰雪消融，工人们才能把这些箱装水

[1]原句出自英国诗人雪莱的名作《西风颂》。

泵一一运出，拉到G. R. &I. 铁路[1]车站，再装上平板车运走。瑜伽·约翰逊凝视着窗外被雪覆盖着的水泵，呼出的热气在玻璃上凝成玲珑的小霜花。他想起了巴黎。这些细小玲珑的霜花勾起了他的思绪，让他想起了曾待过两个星期的花都。那是他一生中最愉快的两个星期，如今却全都抛之脑后了。

斯克里普斯·奥尼尔有两个妻子。他呆呆地望着窗外，带着他固有的纤弱和硬朗，想起了她们俩。一个住在曼塞罗那，另一个住在佩托斯基[2]。

自去年春天之后，他还未见过在曼塞罗那的那个妻子。他漫不经心地想着春天代表着什么。斯克里普斯经常与曼塞罗那的妻子一起酗酒。喝醉后，他们就会很快乐。他们会沿着铁轨走出火车站，一边喝酒，一边看火车急驰而去；会在山坡的一株松树下俯视下面经过的列车。有时他们会喝个通宵，有时会连着喝一个星期。这能使斯克里普斯坚强。

斯克里普斯有个女儿叫路茜·奥尼尔，他开玩笑地称她为邋遢妹[3]奥尼尔。有一次他和妻子在铁路边

[1] G.R.&I.是大急流城和印第安纳铁路的首字母缩写。
[2] 佩托斯基在密歇根州下半岛北部一个小城镇曼塞罗那的北面，为濒密歇根湖的港口城市。
[3] "邋遢妹"原文是Lousy，和路茜（lucy）同音。

连续喝了三四天后，斯克里普斯的妻子失踪了。他找不到她的踪影。等他醒过来时，周围一片漆黑。他沿着铁道向城区走去，足下是硬邦邦的枕木。他知道自己在铁轨上站不稳，因此他在枕木上走着。距进城还有很长的一段路，他走了很久，终于能够看到灯光了，那儿是车辆编组场。走过曼塞罗那中学，他在铁轨边转了个急弯，那是一座用黄砖砌成的建筑，跟他曾在巴黎看到的那些建筑不一样，不是洛可可风格的[1]。不，去过巴黎的是瑜伽·约翰逊，他没有去过。

瑜伽·约翰逊望着窗外，天黑了，水泵制造厂就要关门了。他小心地将窗户开了一道缝儿，这样就足够了。院子里的积雪已开始消融。一阵暖风吹来，水泵工人们称呼它为奇努克风[2]，暖洋洋的风透过窗户吹进了水泵制造厂，工人们都把工具放下了，其中不少是印第安人。

紧咬牙关的矮个子工头，曾去过德卢斯旅游，他在那里有过一段神奇的经历。德卢斯远在这有着蓝色

---

[1] 洛可可（Rococo）风格是18世纪初产生于巴黎的一种精美的装饰艺术风格，主要表现在建筑上，后来发展到家具、地毯等室内装饰品及绘画上。

[2] 奇努克风是指从美国中部的落基山脉东坡刮米的干暖的西北风，主要出现在冬春交替之时。

水面的大湖[1]对面，位于明尼苏达州的一片树林里。

工头把一只手指伸进嘴里沾湿，竖在空中感觉风的温度，是暖的，他失望地摇摇头，有点儿冷冰冰地对工人们笑了笑。

"得，伙计们，这是定期的奇努克风。"他说。

工人们大多只是沉默着挂起工具。把那些完成了一半的水泵收起，在支架上安放好。工人们排队走了出来，有些人在讲话，有些人不发一语，还有几个在商量一起去洗手间洗洗手脸。

窗子外面，传来一声呐喊，那是印第安人打仗时才会有的呐喊。

第二章

斯克里普斯·奥尼尔站在曼塞罗那中学外，抬头望着那些亮着灯的窗子。天色很黑，雪从天上飘下，犹如舞动的精灵。斯克里普斯有记忆以来一直在下雪。有个路人停了下来，瞪了一眼斯克里普斯。这男子跟他究竟有什么相干啊？他继续赶路。

斯克里普斯站在雪地里望着学校的窗户，灯光从

---

[1]指密歇根湖。德卢斯是五大湖区的一个内陆大港。

里面透了出来。屋里，学生们正在学习。男孩和女孩竞相钻研知识，他们一直学习到深夜，这股强烈的学习欲望如风暴般正席卷着全美国。他的女儿，那个小邋遢妹，让他为医生的账单[1]支付了整整七十五美元的女孩，正在里面学习。斯克里普斯很是自豪。要让他去学习的话可就太晚了，不过在那里，邋遢妹正在夜以继日地学习。她是个有天分的女孩。

斯克里普斯走向前面的屋子——他的家，那屋子不大，但斯克里普斯的妻子并不在意屋子的大小。

她经常在和斯克里普斯喝酒时说："我不需要一座精美华丽的王宫。我只想要一个可以避风的地方。"斯克里普斯相信她没有说谎。此刻，黄昏已过，他在雪中走着，抬头看到自己屋里的灯光，庆幸自己相信她的话。回到这样温馨的屋子可比回到一座冷冰冰的王宫好得多。他，斯克里普斯，可不是那种不切实际的人。

他打开屋门，走了进去。他竭力想摒除脑子里不断闪现的想法，但是没用。他的朋友哈利·派克有一回在底特律认识了一个写诗的伙计，写了一些什么来着？哈利常常在他面前背诵："虽然我们可以漫游在

---

[1] 指她出生时所花的费用。

乐园和王宫之中。但什么什么什么没有比家更好的地方。"他记不住那些歌词了。他为它谱了一支简单的曲调[1]，教路茜唱。那是他第一次结婚时的事。假如斯克里普斯继续干下去，也许他会成为一位出色的作曲家，为芝加哥交响乐队的演奏写些劳什子。他当晚就让路茜唱了这首歌。他再也不喝酒了，因为酒使他的耳朵失去了乐感。有好几次他喝醉了，听到列车在晚上爬上博因瀑布城[2]那边的坡道时的汽笛声比斯特拉文斯基[3]曾写过的任何东西都要动听。这是酗酒造成的。这样不行。他要像拉小提琴的阿尔贝特·斯波尔丁[4]那样，去巴黎展示自己的才华。

斯克里普斯打开门，走了进去。"路茜，"他叫道，"是我，斯克里普斯。"

他再也不碰酒了，再也不去铁路边消磨夜晚的时

---

[1]这首歌曲是流传甚广的《家，可爱的家》，由英国作曲家亨利·毕晓普（1786—1855）作曲，收入歌剧《米兰姑娘克拉莉》中，由美国剧作家约翰·佩恩（1791—1852）作歌剧脚本，并为这首歌配词。这里是戏说。

[2]博因瀑布城在曼塞罗那和佩托斯基之间。

[3]斯特拉文斯基（1882—1971），美籍俄罗斯作曲家、指挥家，擅长为芭蕾舞剧作配乐和交响乐创作等，是20世纪影响最大的作曲家之一。

[4]阿尔贝特·斯波尔丁（1888—1953），美国小提琴家、作曲家。他7岁开始拉小提琴，1905年在巴黎首次登台演出。

间了。路茜可能想要一件新的皮大衣，可能吧，毕竟她想要座王宫，而不是小屋子。你压根儿不会知道如何对待一个女人。或许这里不是她的避风港。他胡思乱想着擦亮了一根火柴。"路茜！"他叫道，嘴里没有发出那种恐慌感。他的朋友沃尔特·西蒙斯有次在巴黎旺多姆广场上看到一匹种马被路过的公共汽车碾过时，听到它嘴里发出的就是这种声音。巴黎全都是种马，没有阉马，他们并不饲养母马。从大战[1]起就是这样，这里的一切因大战而改变了。

"路茜！"他叫道，马上又是一声"路茜！"没有回应。屋内空空如也，这里被人抛弃了。屋里很冷，斯克里普斯瘦长的身子孤零零地站在那里，他的耳边响起一声遥远的印第安人打仗时的呐喊。

第三章

斯克里普斯决绝地离开了曼塞罗那，他与那里就这样一刀两断了。这座小城什么也没有给他。随着出了这样的事儿，他操劳了一辈子的积蓄被一扫而空，什么也没有剩下。他出发去芝加哥寻找活儿干。芝加

---

[1] 指1914到1918年的第一次世界大战，下同。

哥是个好地方。它就位于密歇根湖西南端，地理位置优越。是个傻瓜都知道，只要好好努力，在芝加哥就能成就一番事业。他要在现在叫做大环[1]的地区买地，那是个零售业和制造业的大区。他要以低价把地皮买进，让那些需要土地的人用高价来争夺他手里的地皮，他如今也会耍点手段了。

他独自一人，没戴帽子，任风雪刮着头发，沿着G.R.&I.铁路的轨道走去。这是他一生中经历过的最冷的夜晚。他捡起一只倒在路轨上的被冻僵的鸟儿，把它放在衬衫里捂暖。鸟儿紧靠着他暖烘烘的身子，感恩地啄着他的胸膛。"可怜的小东西，"斯克里普斯说，"你也觉得冷啊。"

泪如清泉般从他的眼里涌出。

"见鬼的风。"斯克里普斯说，冒着风雪向前走去。这是从苏必利尔湖[2]上吹来的风。风在斯克里普斯头顶上空盘旋，电报线被刮得嗖嗖作响。黑夜中，一只黄色的大眼睛向斯克里普斯迎面驶来。这辆巨大

---

[1] 大环（Loop）原指1897年芝加哥商业区由高架铁路组成的一个环路的地区，约两平方英里，后来泛指这一地带，那里有全国最大的百货公司，区内的拉萨尔街有证券交易所等，被称为芝加哥的华尔街。

[2] 密歇根州北部叫上半岛，为东西走向的半岛，苏必利尔湖就在它的北面，是美国和加拿大共有。

的火车头在暴风雪中越来越近了。斯克里普斯跨到轨道旁边，让它开过去。那个摇笔杆的老伙计莎士比亚写过什么来着，"强权即真理"？列车从身边驶过时，斯克里普斯想起了这句名言。火车头开过去时，他看见那火夫弯腰把一大铲一大铲的煤块倒进敞开的炉门里。司机戴着护目镜，火光从敞开的炉膛门中射出来照亮了他的脸，这时他正用一只手按着扼气杆。斯克里普斯突然想起一句话，是那些在芝加哥被处以死刑的无政府主义者临刑前说的话："尽管我们今天被你们杀死，你们仍然不能什么什么我们的灵魂。"芝加哥森林公园游乐场旁的瓦尔德海姆墓地就是他们的安息处，那里有一块纪念碑。斯克里普斯的父亲经常在星期天带他去那里。这块纪念碑通体黑色，上面有个天使，也是黑色的。这是斯克里普斯童年的事，那时他经常问他的父亲："爸爸，为什么我们周日只有来看过这些无政府主义者后才能去乘惊险滑梯呢？"父亲的回答很难使他满意。那时他还是个穿着短裤的小男孩。他的父亲曾是位了不起的作曲家，他的母亲是意大利人，她来自意大利北部。他们都很特别。

斯克里普斯站在轨道边，那一节节又长又黑的车厢"咔嗒咔嗒"地从他身边飞驰而过。一节节拉着窗帘的车厢驶过，每节车厢都是普尔曼卧车[1]，灯光从车窗底部的窄缝里泻了出来。假如这列车是开往另一方向的，就会发出轰隆隆的声音，但它是开往博因瀑布城的，此刻正顺着坡道向上爬。虽然比下坡时的速度慢，但斯克里普斯还是扒不上去，对他来说它还是太快了。他想起自己小时候经常扒那种大型的装食品杂货的车，他可是个行家。

斯克里普斯站在轨道边，这列又长又黑的普尔曼卧车从他面前驶过。都是谁在这些车厢里呢？他们来自美国，睡着了还能攒钱吗？她们做母亲了吗？他们做父亲了吗？其中有情侣吗？或者，他们来自欧洲，被大战弄得家庭破碎、心力交瘁吗？斯克里普斯很想知道。

列车在轨道上向前驶去，最后一节车厢从他面前驶过。斯克里普斯看着车尾的红灯淹没在黑暗中，雪花轻轻地飘落。那只鸟儿因他的体温恢复了活力，正在他的衬衫里扑腾。斯克里普斯抬脚沿着一根根黑色的枕木向前走。他想明早就开始工作，因此今晚一定

---

[1] 1865年由美国实业家乔治·普尔曼（1831—1897）发明的铁路卧车，采用上下铺，两年后其设立公司制造，租给铁路公司使用。

要到达芝加哥。鸟儿又扑腾了一下，它现在很活泼，不是那么疲弱无力了。斯克里普斯伸手按着它，让它不再扑腾。鸟儿静了下来，斯克里普斯沿着铁轨向前大步走去。

其实有很多地方可供他选择，没必要非得赶去芝加哥，那儿毕竟太远了。评论家亨利·门肯称芝加哥是"美国的文学之都"，那又怎样呢？还有大急流城[1]呢。到了大急流城，他就可以像其他发财的人那样做家具生意，赚大钱。大急流城的家具很有名，凡是在傍晚散步的小两口谈起成家时，总会说起它。他记起小时候，他母亲和他一起光着脚在今天叫做大环的市区挨家逐户行乞时指给他看过的一块招牌。上面有电灯并闪闪发光，他母亲很喜欢。

"这灯光和我家乡佛罗伦萨的圣米尼亚托[2]的一样，"她跟斯克里普斯说，"好好看看，我的儿子，因为有一天佛罗伦萨交响乐队将在那儿演奏你的乐曲。"

在他母亲裹着条旧围巾躺在今天的黑石大饭店的所在地时，斯克里普斯便注视着这块招牌，一看便是

---

[1] 一译"大瀑布城"。美国密歇根州西南部格兰德河岸城市。为该州第二大城，是美国大批量生产大众化家具的中心之一。

[2] 圣米尼亚托大教堂于1062年建成，为罗马式建筑的代表作。

几小时。这招牌给他留下了很深的印象。

让哈特曼来装点你的安乐窝

上面这么写着。它闪现出很多种颜色。刚开始是夺目圣洁的白色，这是斯克里普斯的最爱。然后是充满生命的绿色，后来又闪出一片如火的红色。有天晚上，他挨着母亲暖烘烘的身子蜷身躺着，注视着这炫目的招牌，有名警察走了过来。"你们得走开。"他说。

是啊，做家具生意可以发财，如果你懂得怎么做生意的话。他，斯克里普斯，恰恰懂得这一行的所有门路。他在头脑里把有关这件事的计划定了下来，他要在大急流城安定下来。那只小鸟扑腾了一下，显得很快活。

"我要给你打造一只美丽的镀金鸟笼，我的美人儿。"斯克里普斯兴高采烈地说。小鸟信心十足地啄啄他，斯克里普斯冒着暴风雪大步前行。雪下大了，堆积在轨道上，被风刮起，一声印第安人打仗时的呐喊声在他耳边响起。

第四章

斯克里普斯现在在哪儿呀？在暴风雪中走着走着，他迷糊了。那个夜晚是那么的可怕，他发现自己没有了家，就动身去了芝加哥。为什么路茜要离家出走？邋遢妹现在怎么样了？他都不清楚，他把这一切都抛之脑后，什么都不去想。如今他身无一物，站在齐膝深的积雪里，面前是一个车站。上面用大字写着：

佩托斯基

站台上堆叠着一堆死鹿，是猎户们从密歇根州上半岛运来的，都僵硬了，被雪半掩着。斯克里普斯把这些字又念了一遍，这儿真的是佩托斯基吗[1]？

从车站的屋里传来一阵"嗒嗒嗒"的声音，一个男人在那儿敲打着什么东西，他看了看外面的斯克里普斯。他是个发报员吗？斯克里普斯从某些线索中猜想到是。

他从积雪里出来，走向窗口。那人正忙着敲打发

---

[1] 他本来想去南方的芝加哥或大急流城，可是在暴风雪中却往北方走了，来到了佩托斯基。

报机的电键。

"你是发报员吗？"斯克里普斯问。

"是的，先生，"那人说，"我是发报员。"

"啊！真是太好了！"

发报员疑惑地看着他，这个人在高兴什么呀？

"当发报员难吗？"斯克里普斯问。他本想直接问这人这里是不是佩托斯基，他对美国北部并不熟，这片广大的地区对他来说是陌生的，但是又害怕会太失礼。

发报员惊讶地望着他。

"听着，先生，"他问，"你是相公[1]吗？"

"不，"斯克里普斯说，"我不知道什么是相公。"

"哦，既然如此，"发报员说，"你为什么随身带了只鸟儿？"

"鸟儿？"斯克里普斯问，"什么鸟儿？"

"从你衬衫里露出头的那只。"斯克里普斯觉得迷惑不解。这发报员是什么人啊？怎样的人才会干发报这一行呢？他们像作曲家？艺术家？作家？像那些在全国性周刊上撰写广告的广告界人士吗？不然，他们像那些欧洲人，被大战弄得形容枯槁，最好的年华

---

[1]意为男同性恋者。

已经逝去了吗？他可以把自己的经历毫无保留地告诉这个发报员吗？他能明白吗？

"我回家的时候，"他开口说，"路过曼塞罗那中学的门前……"

"哦，曼塞罗那，那儿有我认识的一个姑娘，"发报员说，"爱塞尔·恩赖特，你认识她吗？"

再说下去也根本没用。他要简明扼要地把话说出来。再说，他快被冻僵了，站在凛冽的寒风刮过的站台上实在是太冷了。他心里明白继续讲下去也没有什么用。他的目光扫过那成堆的鹿，僵硬而冰冷。或许它们以前也是一对对情侣，有些是雄鹿，有些是雌鹿。雄鹿有角，这样才好识别，不然像猫一样的话就比较难识别了。法国人会阉割猫儿，却并不阉割马儿。法国太远了。

"我的妻子抛弃了我。"斯克里普斯突然说。

"如果你在衬衫里带着一只该死的鸟儿到处晃荡，你的妻子离开你一点儿也不稀奇。"发报员说。

"这是什么地方？"斯克里普斯问。两人之间那难得的精神交融的一刻已经消逝了。实际上他们根本没有过这种时刻，不过原本是可以有的，但现在没用了。逝去的东西是追不回的，是已经消逝的东西啊。

"佩托斯基。"发报员回答。

"谢谢你。"斯克里普斯说,他转身朝这陌生寂静的北方城市走去。他很幸运,口袋里还有450美元。就在他陪妻子去作那次酗酒旅行前,他向乔治·霍拉斯·洛里默[1]出售了一篇短篇小说。他为什么要离家出走呢?这一切到底是因为什么呢?

他走在大街上,迎面有两个印第安人向他走来,他们不动声色地看了看他,走进了麦卡锡理发店。

第五章

斯克里普斯·奥尼尔站在理发店外踌躇不前。店里很是忙碌,有人在让理发师刮胡子;有人在让人修理头发;还有人坐在靠墙的高背椅子上无聊地抽烟,等着轮到他们。他们有的在观赏挂在墙上的油画,有的在对着长镜子欣赏自己的影子。而他,斯克里普斯,应该进去吗?他口袋里毕竟有450美元呢,可以去任何他想去的地方。他又一次踌躇不前地向里望着。这是个很吸引人的场面,在温暖的屋里,与人相处、交谈,身穿白大褂的理发师熟练地拿着剪刀"咔嚓咔嚓"

---

[1]乔治·霍拉斯·洛里默(1867—1937)在《星期六晚邮报》工作30余年(1899—1937),从普通编辑升任主编。该周刊大量刊出著名作家的文学作品,深受广大读者欢迎。

剪得很欢快，剪刀在他们手里犹如跳舞一般很是灵巧，或者用剃刀把等着修面的人脸上涂着的肥皂沫打斜地刮去，却不损伤皮肤。这些理发师善于使用合适的工具。他忽然觉得他不需要这些，他需要点别的东西。他需要吃东西。再说了，他还有只鸟儿需要照顾。

斯克里普斯·奥尼尔朝着理发店相反的方向，沿着这座被风雪肆虐的寂静的北方城市的大街走去。一路走来，只见右边有些桦树树枝被积雪压得沉甸甸地向下弯着，一直垂到地面，枝上光秃秃的，没有一片叶子。雪橇的铃声传来，可能是圣诞节到了吧。在南方，小孩子们会放爆竹来庆祝这个节日，互相叫着"圣诞礼物！圣诞礼物"。他的父亲是南方人，在内战时曾参加过叛军。谢尔曼[1]向海边大进军时烧掉了他家的房子。"战争是地狱，"谢尔曼说过，"不过你知道，奥尼尔太太，我必须这么做。"他用一根火柴点燃了那座有白色圆柱的古宅。

"如果奥尼尔将军在这儿，你敢这么做吗？你这个孬种！"他母亲用她那差劲的英语愤怒地说，"你绝对不敢，不敢用哪怕一根火柴烧掉这屋子。"

---

[1] 威廉·谢尔曼（1820—1891），美国南北战争中的联邦军将领。以火烧亚特兰大和著名的"向海洋进军"而闻名于世。

滚滚的浓烟从古宅上空升起，火势越来越猛，那些白色圆柱消失在升起的团团浓烟里，斯克里普斯拽紧他母亲麻毛交织的衣裙。

谢尔曼将军翻身上马，骑在马上深深地鞠了一躬，"奥尼尔太太，"他说。斯克里普斯的母亲后来常说当时他的眼里噙着泪水，即使他是个该死的北佬。这个人有良心，老兄，即使他的良心不能改变他的决定。"奥尼尔太太，要是将军在这儿，我们就可以一决雌雄。就现在来看，夫人，我必须把你的房子烧掉，这就是战争。"

他挥手叫手下的一名士兵奔上前来，将一桶火油浇在了火上。火焰蹿起，没有一丝风的暮色中腾起了一大团浓烟。

"不管怎样，谢尔曼将军，"斯克里普斯的母亲扬扬得意地说，"这一团烟将告诉南部邦联忠诚的儿女们，敌人来了。"

谢尔曼鞠了一躬："这是我们必须冒的风险，夫人。"他用靴刺啪地扎了一下马腹，扬长而去，一头白色长发在风中舞动。从那以后，斯克里普斯和他母亲再也没见过他。奇怪，他此刻竟然想起这段往事。他抬眼一望，面前有面招牌：

布朗饭馆最好，试试便知

他想吃东西，这正是他所需要的。这招牌上写着：

试试便知

啊，这些有点规模的小饭馆[1]的主人很聪明，知道用什么方法能吸引顾客前来。他们不用在《星期六晚邮报》上登广告。试试便知，这样就可以了。他走了进去。

走进小饭馆，斯克里普斯·奥尼尔打量着四周。有一只长柜台、一只钟、一扇通往厨房的门、两三张桌子、一堆用玻璃罩盖着的炸面圈。墙上挂着些标牌，上面写着食物的名字。难道这就是布朗饭馆？

"我不清楚，"斯克里普斯问一个从厨房的弹簧双扇门走出来的有点年老的女服务员，"你能告诉我这儿是布朗饭馆吗，味道怎么样？"

"正是，先生，"女服务员回答，"试试便知。"

"谢谢你，"斯克里普斯说，他坐在柜台前，"给

---

[1] 这种小饭馆原名为beamxy，是专卖大众食品黄豆炖猪肉的地方，也供应其他经济实惠的饭菜。

我来些豆子，我这只鸟儿也需要一些。"

他解开衬衫，把鸟儿放在柜台上。鸟儿得到了自由，竖起羽毛，抖了一下身子。它对番茄酱瓶充满了兴趣，不停地啄它。女服务员伸出一只手，好奇地摸了摸它。

"这小东西不是挺坚强的吗？"她发表意见。"随意问问，"她说，表情有些不好意思，"你刚才点了什么，先生？"

"黄豆，"斯克里普斯说，"给我和我的鸟儿。"

女服务员推起厨房小窗上的门，斯克里普斯瞥了一眼，屋内弥漫着温暖的蒸汽，有一些大壶大锅，墙上挂着好些闪亮的罐子。

"一客猪肉外加呱呱叫的东西，"女服务员冲着推开的小窗干巴巴地叫道，"给鸟儿来一客！"

"好嘞！"厨房里传来一声回应。

"你这鸟儿多大了？"女服务员问。

"我不清楚，"斯克里普斯说，"昨晚我们才第一次见面，我当时正从曼塞罗那走过来，我妻子离家出走了，离开了我。"

"可怜的小东西。"女服务员说。她往指头上倒了点儿番茄酱，鸟儿感激地啄食着。

"我妻子离家出走了，离开了我，"斯克里普斯说，

"当时我们正在铁道边喝酒赏景。我们喜欢晚上出去，看一列列火车飞驰而过。我是写小说的，有一篇在《晚邮报》上发表过，还有两篇发表在《日晷》[1]上。门肯想方设法让我为他效力。我太聪明了，不屑干那种事。我的作品不谈政治，政治太复杂得使我头痛。"

他在乱说什么呀？前言不搭后语的。不能这样下去，他必须控制住自己。

"斯各菲尔德·塞耶[2]当过我的伴郎，"他说，"我从哈佛毕业。现在，我只希望有人让我和这只鸟儿饱餐一顿，别再讲与政治有关的东西了。赶走柯立芝博士[3]。"

他精神恍惚了，他知道这是为什么。他快饿晕过去了，这北国的风对他来说太凛冽刺骨了。

"听着，"他说，"你能先给我来一丁点儿那种

---

[1]《日晷》，文学评论月刊，于1880年在芝加哥创刊，1918年迁往纽约，激进派的代表刊物，1920年后大力鼓吹现代文艺流派，于1929年停刊。

[2]1925年春，斯各菲尔德·塞耶任《日晷》编辑时，曾退掉海明威的短篇小说《不可战胜的人》，他在这里是戏说。

[3]柯立芝（1872—1933），美国第30任总统。1920年大选时作为沃伦·哈定的竞选伙伴成功当选第29任美国副总统。1923年，哈定在任内病逝，柯立芝随即递补为总统。1924年大选连任成功，对内厉行不干涉工商业的政策，促进国家繁荣，对外执行孤立主义的政策。

黄豆吗？我不是想催你，我只是饿了，想先垫点东西。"

那小窗被推了上去，一大盘黄豆和一小盘黄豆冒着热气出现了。

"你要的东西来啦。"女服务员说。

斯克里普斯开始吃那一大盘黄豆，里面还有点儿猪肉。那鸟儿吃得很欢，每吞一口就要抬下头好让豆子顺利下肚。

"它这么做是为了这些黄豆而感谢上帝。"女服务员解释。

"这黄豆确实很好吃。"斯克里普斯表示赞同。吃了东西后，他的精神集中了起来，头脑也变得清醒了。他刚才扯了些什么关于那个亨利·门肯的废话来着？难道门肯真的抓着他不放？这个假设可并不美好。他口袋里有450美元，在他把事情了结之前，这笔钱应该够用了。要是他们逼得太厉害，那他们就会自食恶果的。他可不是个好脾气的主儿，让他们拭目以待吧。

那鸟儿吃完黄豆后就休息了，它睡觉的时候一条腿站着，另一条腿在羽毛中蜷着。

"等它这条腿站得累了，就换另一条腿儿站着睡。"女服务员说，"我们家里有只老鹦就是这样的。"

"你的老家在哪儿？"斯克里普斯问。

"在英国的湖泊地区[1]。"女服务员面带眷恋的微笑说,"华兹华斯的故乡,你应该知道的。"

啊,这些英国人。地球上遍布了他们的足迹,他们不会安于本分,他们的那个小岛留不住他们。怪异的北欧人,执著地做着他们的帝国梦。

"服务员并不是我的职业。"女服务员说。

"我相信你,你并不像。"

"当然不,"女服务员继续说,"这段经历很离奇,但说不定你会觉得乏味。"

"怎么会呢?"斯克里普斯说,"你不介意我什么时候将这段经历写入我的作品吧?"

"如果你觉得有趣,我就不介意,"女服务员笑吟吟地说,"你不用我的真名实姓的话,就没问题。"

"如果你不愿意的话,我就不用,"斯克里普斯说,"顺便问下,可以再来一客黄豆吗?"

"试试便知。"女服务员笑了。她脸上出现了皱纹,脸色灰白,有点儿像那个在匹兹堡去世的女演员。叫什么来着?兰诺尔·乌尔里克,出演过《彼得·潘》的。对,就是她。听说她外出时总是习惯戴着面纱,

---

[1] 湖泊地区位于英格兰西北部坎布里亚郡,著名的温德米尔湖和全国最高的斯科费尔峰位于此地。诗人华兹华斯在那里出生,死后安葬于此,和柯勒律治及骚塞被称为湖畔诗人。

斯克里普斯想，这种女人才是让人感兴趣的。真是兰诺尔·乌尔里克^[1]吗？或许不是，没关系。

"你真的还要点黄豆？"女服务员问。

"对。"斯克里普斯回答得很干脆。

"再来一客呱呱叫的东西，"女服务员冲着小窗喊道，"甭管那鸟儿啦。"

"好嘞。"传来一声应答。

"请接着讲你的经历。"斯克里普斯温和地说。

"这件事发生在举办巴黎博览会那年^[2]，"她开口说，"我当时还是个孩子，用法语说，叫 jeune fille，母亲带着我从英国过去。我们计划参加博览会的开幕式。我们在从北站到旺多姆广场的我们预订的旅馆的途中，拐进了一家理发店，置办了一些东西。我还记得我母亲添购了一瓶'嗅盐'，按照你们美国人的叫法。"

她微笑着。

---

[1] 英国剧作家詹姆斯·巴里（1860—1937）创作的童话剧《彼得·潘》在1904年初上演，剧中由漂亮的女演员反串永远不会长大的少年主人公彼得·潘。该书写于1925年，海明威这里是在戏说，因为兰诺尔·乌尔里克后来担任过好莱坞影片《茶花女》（1936，嘉宝主演）和音乐片《西北哨》（1947）中的配角。

[2] 指1889年为纪念法国革命一百周年举行的大博览会，为此法国人还建造了著名的埃菲尔铁塔，是当时世界上最高的建筑。

"好，继续讲。嗅盐。"斯克里普斯说。

"我们按惯例在旅馆登记，预订的客房是毗连的。因为赶路的关系，我母亲觉得有点儿疲乏，我们就在房间里享用了晚餐。因为第二天就可以参观博览会，我当时兴奋极了。可是我在赶路后也累了——我们渡过英吉利海峡时的天气糟糕透了——睡得很沉。我早上醒来，呼喊我的母亲。没有人应声，我以为母亲还睡着，就走进去想叫醒她。奇怪的事发生了，母亲不在床上，睡在那儿的是一位法国将军。"

"上帝！"斯克里普斯用法语说。

"我手足无措，"女服务员继续讲下去，"就打铃把管理人员叫了来。账台人员来了，我向他询问我母亲的下落。"

"'可是，小姐啊，'那账台人员解释说，'我们根本不知道你母亲的事。你是和一位什么将军来这儿的。'——我记不清那位将军的姓名了。"

"叫他霞飞[1]将军吧。"斯克里普斯建议说。

"那个姓氏跟这个很像，"女服务员说，"我当时差点吓死，就去叫了警察，申请查阅旅客登记簿。'你

---

[1] 霞飞（1852—1931），法国元帅和军事家。在第一次世界大战前期担任西线法军总司令，力挽狂澜，在兵临城下的危局中保住了巴黎。

会发现我和我母亲一起登记在上面的。'我说。警察来了，那账台人员把登记簿拿了出来。'瞧，女士，'他说，'你是跟昨晚陪你来我们旅馆的那位将军一起登记的。'"

"我无路可走了。后来，我终于想起了那家理发店的地址。警方把发型师找了来，一名警探带着他进来。"

"'我和我母亲去过你的店，'我对发型师说，'我母亲还买了瓶"嗅盐"。'"

"'我记得你，小姐，'发型师说，'但陪着你的不是你母亲，而是一位年纪有点大的法国将军。我记得他买了一把用来卷小胡子的钳子，反正我在账簿上就能查到这笔账。'"

"我很灰心，我找不到关于母亲的一点线索。此时，警方将那名把我们从车站送到旅馆的出租车司机带来了。他发誓说我绝对不是和我母亲一起来的。说说看，这段经历你听得乏味吗？"

"继续说，"斯克里普斯说，"要是你曾像我那样为想不出故事情节而苦恼，就会明白我现在的心情了！"

"好吧，"女服务员说，"这故事就此结束了，我再没见过我母亲。我联系上了大使馆，可他们也无能为力。他们最后证实了我确实跟我母亲渡过了英吉利海峡，可是此外他们就毫无办法了。"女服务员眼中流出泪水："我从此再也没见过母亲，一次也没有。"

"那位将军怎么样了？"

"他最后借给我100法郎——就算在当时这也并不多——我就来到美国，当上了女服务员。这段经历也就此结束了。"

"不仅是这些，"斯克里普斯说，"我以性命作赌注，不仅是这些，一定还有其他的事。"

"有时候，你知道，我觉得确实还有"，女服务员说，"我觉得一定不仅仅是这些。在某些地方，用某种方式，总该有个说法吧。我不知道今儿早上怎么会想起这事的。"

"这是好事，能将心事和盘托出。"斯克里普斯说。

"是啊，"女服务员微笑着说，这一来她脸上的皱纹就不是很深了，"我现在觉得好些了。"

"跟我说说，"斯克里普斯对女服务员说，"在这里有适合我和我这鸟儿做的工作吗？"

"正当工作？"女服务员问，"我只知道正当工作。"

"对，正当工作。"斯克里普斯说。

"有人说过新开的水泵制造厂正在招人手。"女服务员说。为什么他不用双手干活呢？罗丹这么干过，塞尚当过屠夫，雷诺阿做过木匠，毕加索小时候在香烟厂里干过活；吉尔勃特·斯图尔特[1]画的那些著名的华盛顿像在美国到处被复制，在每间教室挂着——吉尔勃特·斯图尔特曾是铁匠；此外还有爱默生当过泥瓦小工；詹姆斯·拉塞尔·洛威尔，听说他年轻时当过发报员，就像车站上的那个人一样，也许现在那个车站上的发报员正在写他的《死亡观》或《致水鸟》[2]。他，斯克里普斯·奥尼尔，去水泵制造厂干活有什么奇怪的呢？

"你还来这儿吗？"女服务员问。

"如果可以的话。"斯克里普斯说。

"来时也带上你的鸟儿吧。"

"好，"斯克里普斯说，"这小东西累惨了，毕竟这一晚对它来说确实有点难以承受。"

"我也这么认为。"女服务员表示认同。

斯克里普斯走了出去，又投入这城市里。他觉得神清气爽，对生活充满希望了。进一家水泵制造厂会是很有意思的事，现在水泵是了不起的东西。在纽约

---

[1]吉尔勃特·斯图尔特（1755—1828），美国早期的肖像画画家，开创了一种独特的绘画风格，影响深远。

[2]美国诗人洛威尔（1819—1891）的著名抒情诗。他出身新英格兰望族，同时是有深远影响的政论家、文艺评论家及外交家。

华尔街上，每天都有人通过水泵发大财，也有人变成穷光蛋。他知道有个家伙不到半小时就通过水泵净赚了整整五十万。人家是行家，这帮华尔街的大经纪人。

走到外面街上，他抬眼看着那块招牌，"试试便知"，他念道。人家懂行，没错，他说。不过是否真的有一名黑人厨师？就那么一次，就在那一刹那，当那小窗拉上去的时候，他自以为瞅见了一摊黑色的东西，也许那家伙只是被炉灶的煤烟熏成了个大花脸呢。

第二篇　为生存而努力

在此，我郑重声明，我绝无诋毁或中伤任何人的意思；因为尽管本书中的一切都是根据自然这部大书摹写来的，并且几乎没有一个角色是我编造的或某段情节不是我自己观察得来或亲身经历过的，我仍然采取谨慎小心的态度，用很多不同的境况、层次和色彩把这些角色隐藏起来，让人们不可能准确地猜出他们是谁；而假如有相反情况发生的话，那只是因为所刻画的缺点实在渺小细微，以至无非是个性格上的细小瑕疵，当事人和其他任何人都会一笑置之的。

——（英）亨利·菲尔丁

第六章

斯克里普斯·奥尼尔正在找工作，用双手干活是桩好事。他背对着那家小饭馆，顺着大街走去，经过麦卡锡理发店时，他并没走进去。它看上去还是那么充满吸引力，但斯克里普斯现在需要的是一份工作。他在理发店所在的街角转了个弯，走上了佩托斯基的主干道。那是条漂亮、宽敞的大街，两边排列着砖和压制石块筑成的房屋。斯克里普斯沿着街道走向那水泵制造厂所在的城区。到了水泵制造厂门口，他觉得困惑了：难道这便是那家水泵制造厂？不错，一连串的水泵正被搬出来搁在雪地里，工人们正一桶一桶地把水浇上去，好让其表面结一层冰来保护它们免受冬天寒风的侵袭，其作用和油漆一样好。可这些真的是水泵吗？这可能是个骗局。这些搞水泵制造的都是乖巧的家伙啊。

"嗨！"斯克里普斯冲一名正在往一台新水泵上浇水的工人打招呼。刚搬出来的水泵看上去还没完工，正带着抗议的姿态立在雪地里。"这就是水泵吗？"

"以后就会变成水泵的。"这工人说。

斯克里普斯清楚这就是那家工厂了，这一点人家是不会骗他的。他来到门前，上面有块牌子写着：闲人莫入，指的是你。

难道说的是我吗？斯克里普斯拿不准主意，他敲了敲门，便进去了。

"我想找经理。"他说，悄悄地站在光线暗淡的灯光下。

　　工人们从他的身边走过，肩上扛着未完工的新水泵。他们经过时，哼着一段段曲调。水泵上的手柄机械地摇摆着，像是在无声地抗议。有些水泵没有手柄，可能这些算是幸运儿吧，斯克里普斯想。一个小伙子走到他面前，他体格健美，个子不高，肩膀宽阔，表情严肃。

　　"是你要找经理吗？"

　　"是，先生。"

　　"我是这里的工头，我说了算。"

　　"你管招人吗？"斯克里普斯问。

　　"我能做这做那，一样容易。"工头说。

　　"我想要份工作。"

　　"有经验吗？"

　　"水泵的活儿可没干过。"

　　"没关系，"工头说，"你可以做计件工。来，瑜伽，"他叫了一个工人，那人正在厂房的窗边站着，凝视着窗外，"带这个新人去放好行装，告诉他怎么在这里走动。"工头上下打量了一遍斯克里普斯。"我是澳洲人，"他说，"希望你会喜欢上这儿。"他走开了。

　　这个叫瑜伽·约翰逊的男人从窗边走过来。"认识你很高兴。"他说。他身材结实，体格健美。几乎在任何地方都能见到这类型的男人，他看上去似乎历经磨难。

"那位工头是我认识的第一个澳洲人。"斯克里普斯说。

"哦，他不是澳洲人，"瑜伽说，"他不过是在大战时和澳洲兵待过一阵子，那给他留下了深刻印象。"

"你参加过大战？"斯克里普斯问。

"是的。"瑜伽·约翰逊说，"我是第一个从凯迪拉克城去参军的人。"

"那是一段相当重要的经历吧。"

"对我来说意义重大，"瑜伽应道，"走吧，我带你参观一下厂里。"

斯克里普斯跟随着这人走遍了水泵制造厂。厂内很暗但很暖和。工人们光着膀子，趁一台台水泵滚过一条循环的传送带时，用巨大的钳子夹住水泵，剔出次品，把完美的水泵放在另一条直接传送进冷却室的传送带上。另外有些工人，大多数是印第安人，只裹着围胯布，用大锤和板斧把次品砸碎，然后改铸成斧头、大车钢板、滑动底板、子弹铸型这一类大水泵制造厂的副产品。什么都不浪费，瑜伽这样说。有一伙印第安男孩，轻声哼着一支古老部落的劳动号子，蹲在巨大的锻造车间角落里，把水泵铸造过程中被凿下来的小碎片加工成保安剃刀的刀片。

"他们干活时都不穿衣服，"瑜伽说，"出厂时要搜身。有时候他们会冒险把刀片藏起来，夹带出去非法贩卖。"

"这样损失会很大吧。"斯克里普斯说。

"啊，不，"瑜伽回答，"他们差不多都被检查员逮住了。"

楼上的一间房内，两个老头正在干活。瑜伽打开门，一个老头从钢框眼镜上方瞟了一眼，皱下了眉头。

"你把穿堂风放进来了。"他说。

"快把门关上。"另一个老头说，语气里充满了年纪老迈的人的那种抱怨。

"他们俩是我们的技工师傅，"瑜伽说，"厂方送出去参加大规模国际水泵竞赛的所有产品都是他们制造的。你可记得我们在意大利荣获水泵奖的天下无双水泵吗？弗兰基·道森就是在意大利被杀害的。"

"我看过报道。"斯克里普斯应道。

"巴罗师傅，就是那边屋角的那位，一个人用手工制成了天下无双水泵。"瑜伽说。

"我用这把刀子直接在钢料上刻出来的，"巴罗师傅说着举起一把很像剃刀的短刃刀子，"我用了一年半的时间才把它搞好。"

"天下无双水泵的确是台好水泵，没错，"这嗓音尖锐的小老头说，"但是我们现在制作的水泵会让任何的外国水泵都不堪一击，对吧，亨利？"

"那位是肖师傅，"瑜伽低声说，"他可以说是现在世界上最了不得的水泵制造者了。"

"你们两个年轻人快走吧，别来打扰我们。"巴罗师傅说。他刻得正欢，每刻一下，他那虚弱的双手总要微微抖一下。"让年轻人看吧。"肖师傅说，"你从哪儿来，小家伙？""我刚从曼塞罗那来，"斯克里普斯回答，"我妻子离家出走了。"

"哦，要再找一个也不会很难啊！"肖师傅说，"你是个长得很英俊的小伙子。不过听我一句劝，小心一点儿吧。找一个不合格的妻子不比没有妻子好到哪儿去啊。"

"我可不同意这个说法，亨利，"巴罗师傅尖着嗓子说，"就现在的世道来看，随便什么妻子都是挺不错的妻子。"

"你要听我的劝告，小伙子，慢慢儿来。这回给自己选一个好点的吧。"

"亨利很善解人意，"巴罗师傅说，"他知道自己讲的话是很有道理的。"他发出一阵尖锐的笑声。

肖师傅，那个老水泵制造者，脸变得通红。

"走吧，你们两个小家伙，让我们继续做水泵，"他说，"我和亨利还有很多工作要做呢。"

"很高兴认识你们。"斯克里普斯说。

"来吧，"瑜伽说，"我最好还是让你开始干活吧，不然那工头要盯着我不放啰。"

他让斯克里普斯在活塞卡圈室内干活，给活塞装卡圈。斯克里普斯在那儿工作了差不多一年。从某方面来说，那是他这辈子最快活的一年。从另外一方面而言，那是一场噩梦，一场阴森可怕的噩梦。最后，他喜欢上了这种生活，但又厌恶这种生活。弹指之间，一年过去了，他还在给活塞装卡圈。可是在这一年中都发生了些什么怪事啊，他经常为这些事感到烦闷。如今他给一只活塞装上卡圈的动作简直可以用游刃有余来形容，一边烦闷，一边听哈哈的笑声从楼下传来，那些小印第安人正在那里制作剃刀刀片呢。他听着听着，喉头像被塞了一团东西一样，堵得慌，让他几乎喘不过气来。

第七章

那天晚上，在水泵制造厂干了第一天，就是即将开始的日复一日枯燥地给活塞装上卡圈的日子的第一天，斯克里普斯又去了那家小饭馆吃饭。一整天，他都把那只鸟儿藏了起来。他觉得在水泵制造厂那地方不适合把鸟儿从身上拿出来。那天，那鸟儿有几次把他弄得很难堪，但是他为它修改了一下衣服，甚至在衬衫上划了一道小口子，让鸟儿可以把它的尖嘴伸出来呼吸点新鲜空气。这时，厂里放工了，一天的活儿结束了。斯克里普斯一路向小饭馆走去。斯克里普斯很高兴能自食其力。斯克里普斯想着那两位做水泵的老头。斯克里普斯[1]前去找那位友好的女服务员。这位女服务员究竟是什么样的人呢？她在巴黎经历过什么呢？他一定要多了解一些关于巴黎的情况。瑜伽·约翰逊去过那里，他要盘问瑜伽，引他开口，逼他畅谈，要他讲他的见闻，他懂一点这方面的诀窍。

　　注视着佩托斯基港湾外上空的夕阳，此时那大湖已经被冰封了，防波堤上撅出了一些巨大的冰块，斯克里普斯快步穿梭在佩托斯基的大街小巷，走到了那家小饭馆。他很想邀请瑜伽·约翰逊一起吃饭，可就是张不开口。日子还长，以后再说吧，到时候会有机

---

[1]海明威在这里连续四句以"斯克里普斯"开头，很明显是在调侃美国女作家格特鲁德·斯泰因（1874—1946）的风格。后文中还有不少这种句式。

会的。对付瑜伽这种人，不用急于求成。瑜伽究竟是什么样的人呢？他真的参加过大战吗？大战对他有什么影响呢？他真的是第一个从凯迪拉克城[1]去参军的人吗？凯迪拉克城到底在哪儿呢？到时候这些都会清楚的。

斯克里普斯·奥尼尔走到小饭馆推门进去。那个上了年纪的女服务员正坐在椅子上读《曼彻斯特卫报》[2]的海外版，这时她站了起来，把报纸和钢框眼镜搁在现金出纳机上。

"晚上好，"她开门见山地说，"太好了，你又来了。"

斯克里普斯·奥尼尔的心扑通跳了一下，一种他说不出来的感触涌上心头。

"我工作了一整天，"——他凝视着这位上了年纪的女服务员——"为了您。"他补上一句。

"真是太好了！"她说，然后害羞地笑笑，"我也工作了一整天——为了您。"

斯克里普斯的眼睛里闪着泪光，他的心又扑通跳了一下。他伸手握住这个上了年纪的女服务员的手，

---

[1]凯迪拉克城位于密歇根州下半岛的中部。

[2]于1821年在英格兰西北部大工业城市曼彻斯特创刊的报纸。刚开始是周刊，1855年政府取消报纸印花税后，改为日报，以保持独立观点的社论著称。

于是她恬静端庄地把手放在他的手里。"你是我的女人。"他说。她的眼睛里也闪着泪光。

"你是我的男人。"她说。

"我再强调一次：你是我的女人。"斯克里普斯郑重其事地念出一个个字。他心里好像有些什么裂开了，他情难自禁地想要哭。

"这就算是我们的结婚仪式吧。"有点上了年纪的女服务员说。斯克里普斯捏了捏她的手。"你是我的女人。"他很干脆地说。

"你是我的男人，而且不止是我的男人。"她注视着他的眼睛，"在我心目中你就是整个美国。"

"我们走吧。"斯克里普斯说。

"你还带着那只鸟吗？"女服务员问，把围裙放在一边，折好那份《曼彻斯特卫报》的海外版。"我要把《卫报》带着，希望你不会介意，"她说着便把报纸卷在围裙里，"是新到的，我还没时间看。"

"我非常喜欢看《卫报》，"斯克里普斯说，"从我有记忆起，我家就一直订，我父亲狂热地崇拜格莱斯顿[1]。"

---

[1] 威廉·格莱斯顿（1809—1898）是英国自由党领袖，担任过四届首相。

"我父亲和格莱斯顿是伊顿公学的同学[1]。"有点上年纪的女服务员说，"我准备好了。"

她穿好了上衣，站着等待出发，一手拿着她的围裙、装着钢框眼镜的黑色摩洛哥皮旧套子和那份《曼彻斯特卫报》。

"你没帽子吗？"斯克里普斯问。

"没有。"

"那我买一顶送给你[2]。"斯克里普斯体贴地说。

"就算是你送的结婚礼物吧。"有点上年纪的女服务员说，她眼睛里又闪现着泪花。

"我们现在可以走了。"斯克里普斯说。

有点上年纪的女服务员从柜台后面走出来，他们手拉着手，双双大步走进夜色中。

小饭馆里，那黑人厨师把小窗向上推开，从厨房里往外望。"他们走了，"他开心地笑着说，"走进夜色中去了。妙啊！妙啊！妙啊！"他轻轻地关上小窗，觉得连自己都被感动了。

---

[1] 格莱斯顿就读于伊顿公学时，成绩一般；后入牛津大学，在古典文学和数学课程上成绩突出。1832年当选为国会议员，开始不平凡的政治生涯。

[2] 当时妇女出门必须戴女式帽子，这个习俗直到第二次世界大战后才打破。

第八章

半个小时过去了，斯克里普斯·奥尼尔和那个有点上年纪的女服务员回到了小饭馆，他们已经是夫妻了。小饭馆看上去跟他们离开时没什么两样，还是那座长柜台、小盐瓶、糖缸、瓶装番茄酱、瓶装英国辣酱油，还有连通厨房的那扇小窗。柜台后面站着一位临时接替的女服务员，她的胸部丰满，看上去欢喜极了，围着条白色围裙。一名旅行推销员坐在柜台前，看着一份底特律出版的报纸。他正在吃一客带T字骨的牛排和油煎土豆丁。斯克里普斯和这位有点上年纪的女服务员的生活中发生了非常美妙的事儿。他们现在很饿，需要食物。

这位有点上年纪的女服务员和斯克里普斯深情对望着，旅行推销员径自看着报纸，偶尔把番茄酱往油煎土豆丁上倒一些。那一名女服务员——蔓蒂，围着新做的白围裙，站在柜台后面。窗户的玻璃上凝着霜花，饭馆里很暖和，寒气被挡在了饭馆外。斯克里普斯的那只鸟这时正蹲在柜台上，用嘴舌梳理着零乱的羽毛。

"原来是你们回来了，"那位叫蔓蒂的女服务员说，

"听厨师说你们出去了，到夜色中去了。"

有点上年纪的女服务员看着蔓蒂，只觉眼前一亮，以往平和的嗓音，此刻带着比较低沉、清脆的音色。

"我们是夫妻了，"她温和地说，"我们刚结婚。你晚餐想吃什么，斯克里普斯，亲爱的？"

"我不清楚。"斯克里普斯说。他不知道为什么，心里有些隐隐的不安，他的心跳得厉害。

"黄豆你已经腻味了吧，亲爱的斯克里普斯？"有点上年纪的女服务员，他现在的妻子说。旅行推销员抬起头不再看报纸，斯克里普斯看出那是底特律的《新闻报》，那份报纸很好。

"你的这份报纸很好。"斯克里普斯对旅行推销员说。

"是份不错的报纸，是《新闻报》。"旅行推销员说，"二位正在度蜜月？"

"是的，"斯克里普斯太太说，"我们刚结婚。"

"得，"旅行推销员说，"这真是件好事儿，我也是有妻子的人。"

"是吗？"斯克里普斯说，"我的前妻离家出走了，那是发生在曼塞罗那的事。"

"我们不要谈这件事了，斯克里普斯，亲爱的，"斯克里普斯太太说，"这件事你已经说过无数次了。"

"对，亲爱的。"斯克里普斯附和道。他隐约觉得对自己没有信心。有什么东西在他心里的某个角落折腾。他瞅了瞅那个名叫蔓蒂的女服务员，她围着新的上浆白围裙，健壮地站着，非常讨人喜欢。他凝望着她的双手，健康、文雅、熟练的双手，在做她身为服务员的分内之事。

"尝尝这种T字骨牛排和油煎土豆丁吧，"旅行推销员提议，"他们这儿有上等的T字骨牛排。"

"你想试试吗，亲爱的？"斯克里普斯问他妻子。

"我只要一碗薄脆饼加牛奶就好，"斯克里普斯太太说，"你想要什么就自己点吧，亲爱的。"

"你要的薄脆饼加牛奶来了，黛安娜。"蔓蒂说，将它摆放在柜台上，"您要T字骨牛排[1]吗，先生？"

"好吧。"斯克里普斯说，他的心跳又加速了。

"煎得熟一点还是生一点？"

"生一点，谢谢。"

女服务员转身冲小窗里叫："单人茶。生一点！"

"谢谢你。"斯克里普斯说。他注视着女服务员蔓蒂。这个姑娘有种天分，讲起话来惟妙惟肖，当初

---

[1]T字骨牛排较厚，男人一般喜欢煎得嫩一点，以切开后里面带点血为佳。

正是这种惟妙惟肖的说话特点使他钟情于他现在的妻子。这一点再加上她那离奇古怪的身世。英格兰，即那湖泊地区，斯克里普斯曾陪华兹华斯走遍了整个湖泊地区。那里有一大片金光闪耀的水仙，轻柔的风儿吹在温德米尔湖上[1]。远方，也许有只公鹿陷入了窘境。啊，这是在遥远的北方，在苏格兰哪。他们是个能吃苦耐劳的民族，这些苏格兰人，隐藏在他们的山间要塞里。哈里·劳德和他的风笛[2]。苏格兰高地兵团参加了大战。为何他，斯克里普斯，却没能参与其中？这正是瑜伽·约翰逊那家伙比他的强地方。本来大战对他具有深远影响，他为什么没能参加呢？为什么他没及时收到这场大战的消息呢？或许是因为当时他的年龄太大了吧。可是看看法国的那位老将军霞飞，他肯定比这位老将军年轻吧。福煦将军[3]在乞求胜利。

---

[1] 华兹华斯在抒情诗《我独自游荡，像一朵孤云》的第一节中写到他突然见到一大片金灿灿的水仙时的欢愉。他的诗中经常描写美丽的温德米尔湖。

[2] 苏格兰歌唱家哈里·劳德（1870—1930）演唱民歌及自创歌曲时，常穿苏格兰短裙上台表演。1900年他在伦敦首演，大获成功。第一次世界大战期间，他赴法劳军演出，1919年被封为爵士。

[3] 法国将军福煦（1851—1929）于1917年5月担任协约国军总司令，发动两次攻势，沉重打击德军，于8月晋升元帅。

法国部队整齐地排列着跪在贵妇路[1]上，祈祷胜利的到来。德国人碎碎念"上帝与我们同在"。多么拙劣的模仿啊，他肯定没那位法国将军福煦的年龄大吧。他沉思着。

女服务员蔓蒂把他点的T字骨牛排加油煎土豆丁放在他面前的柜台上。就在她放下盘子的时候，有那么一瞬，她的一只手蹭到他的手。斯克里普斯感到心里一阵莫名的心慌。生活在他面前展开，他还没老。为什么现在没有战争呢？也许还是有的。人们在中国打仗，中国人在自相残杀。为了什么？斯克里普斯很迷惑，这到底是怎么回事？

蔓蒂，这位胸脯丰满的女服务员身体向前倾。"听着，"她说，"我有对你说过亨利·詹姆斯的临终遗言吗？"

"说实话，亲爱的蔓蒂，"斯克里普斯太太说，"那件事你已经说了很多回了。"

"那就再听一回吧，"斯克里普斯说，"我对亨利·詹姆斯很好奇。"亨利·詹姆斯，亨利·詹姆斯，这家

---

[1]贵妇路长约12英里，位于法国东北部苏瓦松城西北，在埃纳河北的一道高山梁上，原本是18世纪的一条大车通道。第一次世界大战初的1914年9月被德军攻占，后两易其主，终于在1918年10月的最后大反攻中被协约国抢回。

伙离开家乡去了英国跟英国人一起生活[1]。他这么做是为了什么？什么原因让他抛弃美国？他的故乡难道不是这里吗？他的哥哥威廉[2]、波士顿、实用主义、哈佛大学、鞋子上有着银鞋扣的老约翰·哈佛[3]、查利·勃力克莱、埃迪·马汉，现在他们都在哪里呢？

"说起来，"蔓蒂开始说，"亨利·詹姆斯将死之时在病床上加入了英国国籍。而此时，英国国王一听说此事，马上就派人送去了他能授予的最高级奖章——功绩勋章。"

"O.M.[4]。"斯克里普斯太太解释道。

"就是这个，"蔓蒂说，"戈斯和圣茨伯里[5]，这

---

[1]美国作家亨利·詹姆斯（1843—1916）创作的大部分国际题材的小说都刻画了新旧大陆的对比，写淳朴的美国人在欧洲的遭遇，但他却仰慕英法的文化氛围，并于1875年移居巴黎，第二年移居伦敦，最终于1915年入英国籍。

[2]威廉·詹姆斯（1842—1910）是心理学家、哲学家，实用主义创始人之一，先后在哈佛大学读书并任教。

[3]约翰·哈佛（1607—1638）获得剑桥大学的硕士学位后和新婚妻子一起去新英格兰，任助理牧师。其继承了巨额遗产。他患肺病去世后，把一半财产捐赠给了一家新建的学校。这所学校1636年改名为剑桥，1639年马萨诸塞州议会决定将其命名为哈佛学院，即现在的哈佛大学前身。

[4]O.M.功绩勋章（Order of Merit）的简称。

[5]埃德蒙·戈斯（1849—1928）是英国文学史研究家，曾翻译易卜生等欧洲大陆作家的作品，与亨利·詹姆斯、哈代、萧伯纳等是好朋友。乔治·圣茨伯里（1845—1933）是英国文学史研究家、评论家、教授。

两名教授一起陪同那个人把勋章送去。亨利·詹姆斯躺在他的病床上，双眼闭合。床边的小桌上点着一支蜡烛。护士允许他们走到床边，他们就把勋章挂在了詹姆斯的脖子上，那勋章垂下来盖在亨利·詹姆斯胸前的被单上。戈斯和圣茨伯里两位教授倾身向前，抚平勋章的绶带。亨利·詹姆斯的眼睛一直没有睁开过。后来护士让他们离开，他们就退出了病房。等他们全离开后，亨利·詹姆斯对护士说话了。他的眼睛没有睁开。'护士，'亨利·詹姆斯说，'熄灭蜡烛，护士，我不想让你看到我脸红的样子。'这是他在世上说的最后一句话。"

"詹姆斯是位好作家。"斯克里普斯·奥尼尔说。说来也怪，这件事对他的触动很大。

"你每次讲的都不一样，亲爱的。"斯克里普斯太太对蔓蒂说。蔓蒂的眼睛里闪着泪花。"我很崇拜亨利·詹姆斯。"她说。

"詹姆斯怎么了？"那旅行推销员问，"莫非在他看来，美国还不够好吗？"

斯克里普斯·奥尼尔在揣摩着蔓蒂这个女服务员。她的身世一定不凡，这姑娘！知道那么多的奇妙的事！如果能得到这种女子的帮助，肯定会成就大事！他轻抚着蹲在面前柜台上的那只小鸟，鸟儿啄了啄他的手指。这小鸟是只鹰吧？是只猎鹰，可能吧，来自密歇根州某一家大猎鹰养殖场。它也许是只红襟鸟吧，一大早会在某地的绿草坪上跳跃着找虫子。他思索着。

"你这鸟儿有名字吗？"旅行推销员问。

"还没呢。你觉得叫它什么好呢？"

"埃里尔，怎么样？"蔓蒂问。

"不然叫普克。"斯克里普斯太太插嘴说。

"什么意思？"旅行推销员问。

"是莎士比亚的作品中的角色名字[1]。"蔓蒂解释道。

"哦，放过这只鸟儿吧。"

"那你认为叫它什么好？"斯克里普斯转身问旅行推销员。

"它该不会是鹦鹉吧，是吗？"旅行推销员问，"如果是鹦鹉的话，就叫它波莉吧。"

---

[1]埃里尔是《暴风雨》中描写的一个精灵。普克为《仲夏夜之梦》中的一个顽皮小妖，爱搞恶作剧。

"波莉是《乞丐的歌剧》中的一个角色[1]。"蔓蒂解释道。

斯克里普斯思索着,也许这鸟儿真是鹦鹉。走失前它住在某位老小姐舒适的家中。那是某位新英格兰的老处女。

"还是等你弄清楚它是什么鸟儿再说吧",旅行推销员提议,"你有充足的时间给它取名啊。"

这个旅行推销员很有办法。他,斯克里普斯,可是连这鸟儿的性别都不知道。它到底是只雄鸟还是雌鸟呢?

"等着看它下不下蛋就知道了。"旅行推销员提出了他的方法。斯克里普斯紧紧盯着这旅行推销员的眼睛,这家伙把我想的给说出来啦。

"你真是见多识广,旅行推销员。"他说。

"话说回来,"旅行推销员虚心地承认,"这些年来我到处推销可不是白跑的啊。"

---

[1]《乞丐的歌剧》是英国诗人兼剧作家约辅·盖依(1685—1732)的代表作,德国作曲家约翰·佩普什(1667—1752)为其配乐并作序曲,1728年首演时获得成功。该剧主要讲述了小偷和拦路强盗的活动,反映了社会道德沦丧,并讽刺了首相沃波尔及其辉格党政府。波莉是剧中的女主角。盖伊后来写的续集《波莉》,仍由佩普什谱曲,刚开始遭禁演,最终于1777年首演,那时两人早已去世了。波莉一词是英语中鹦鹉的通称。

"你这话说得对极了，伙计。"斯克里普斯说。

"你这鸟很好，老兄，"旅行推销员说，"你是想要把这只鸟养好的吧。"

这一点斯克里普斯是知道的。唉，这些个旅行推销员真是见多识广。在我们这疆域辽阔的美国国土上东奔西走，这些旅行推销员的观察力好得惊人，他们可不是傻瓜。

"听着，"旅行推销员说，他往后推了一下压在前额上的圆顶呢帽，弯腰向前，往他的圆凳边的黄铜高痰盂里吐一口唾沫，"我给你们讲一段我有天在湾城[1]碰到的十分美好的艳遇吧。"

蔓蒂，那名女服务员，身体向前倾。斯克里普斯太太也向旅行推销员那边靠了靠，想听得更清楚些。旅行推销员抱歉地看了看斯克里普斯，用食指摸了摸那鸟儿。

"改天再跟你说吧，老兄。"他说，斯克里普斯领会了他的意思。厨房里，通过店堂墙上的小窗，传出一阵音调很高、悠扬动听的笑声。斯克里普斯仔细听着，这会不会是那个黑人的笑声呢？他思索着。

---

[1]湾城是密歇根州下半岛东部的港口城市。

第九章

每天早上，斯克里普斯都会悠闲自在地去水泵制造厂工作。斯克里普斯太太会通过窗口往外望，目送他顺着大街向前走去。如今她没有时间看《卫报》了，没什么时间关注有关英国政局的消息了，没什么时间去担忧大洋彼岸的法国的内阁危机了。法国是个特别的民族。圣女贞德、伊娃·勒加利纳[1]、克列孟梭、乔治·卡庞捷、萨沙·吉特里、伊冯娜·普兰当[2]、格洛克、弗拉泰利尼家族、吉尔勃特·塞尔台斯、《日

---

[1]伊娃·勒加利纳是1899年在伦敦出生的美国演员，1915年在纽约开始登台，成为百老汇红星，1926年自组剧团，演出莫里哀、易卜生等欧洲作家的名剧。

[2]克列孟梭（1841—1929）于1917年受命组织战时内阁，于1919到1920年任巴黎和会主席，为法国收回了阿尔萨斯和洛林，被授予"胜利之父"称号。乔治·卡庞捷（1894—1975）曾是拳击运动世界重量级冠军获得者，被法国人视为民族英雄。萨沙·吉特里（1885—1957）为多产剧作家，其多部作品被搬上银幕，并自己出任导演。伊冯娜·普兰当（1895—1977）于1908年开始在巴黎登台演出歌舞节目，1916年加入吉特里的剧团，三年后二人结婚，经常在剧中出演男女主角。

晷》《日晷》奖、玛丽安·穆尔[1]、爱·埃·肯明斯、
《偌大的房间》《浮华世界》、弗兰克·克朗宁希尔德。
这一切是怎么回事？要把她带到哪里去啊？

　　现在她有丈夫啦，一个只属于她的男人，是她一
个人的。她留得住他吗？能让他一直属于自己吗？她
考虑着。

　　斯克里普斯太太，以前是个女服务员，现在是斯
克里普斯·奥尼尔的妻子，他在水泵制造厂里有份体
面的工作。黛安娜·斯克里普斯，黛安娜是她自己的
名字，以前也是她母亲的名字。黛安娜·斯克里普斯
看着镜子，心想不知道能不能和他相伴永远。这一点
开始成问题了，他怎么会认识蔓蒂的呢？她有勇气让
他一个人去那家餐厅吃饭吗？她不能再陪他去了。他
会一个人去的，这一点她很明白。管中窥豹是没有用
的，他会一个人前去，而且会跟蔓蒂交谈。黛安娜照
着镜子，她能和他永远相伴吗？她能和他白头偕老
吗？这个想法从此如附骨之蛆一般甩不掉了。

　　每天晚上在那家餐厅，她现在不能称它为小饭馆

---

[1] 吉尔勃特·塞尔台斯（1893—1970）第一次世界大战中担任战地
记者，战后回美成为剧评家，于1920到1923年任《日晷》编辑。玛丽
安·穆尔（1887—1972）是美国女诗人，于1925到1929年任《日晷》编
辑。

了——想到这里她就觉得嗓子被一团东西堵住了，使她觉得喉头僵硬、呼吸困难。现在每天晚上在那家餐厅，斯克里普斯跟蔓蒂交谈。这姑娘在用尽全力抢走他。他，她的斯克里普斯。被人用尽办法抢夺，把他抢走。她，黛安娜，能把他留在身边吗？

　　她简直是个娼妇，这个蔓蒂。怎么可以这样呢？怎么能干这种事呢？去勾引有妇之夫？强行抢夺？让一个家庭破裂？而且仅凭这些没完没了的文坛旧事，这些滔滔不绝的奇闻轶事。斯克里普斯被蔓蒂迷住了，黛安娜心里承认了这一点。不过她还有留住他的机会，这件事现在是相当重要的了。要留住他，要留住他，不能让他离开。要把他留下来，她照着镜子。

　　黛安娜订阅《论坛》[1]，黛安娜看《导师》，黛安娜看《斯克里布纳氏》杂志上威廉·里昂·费尔普斯[2]的著作。黛安娜顺着这静谧的北方城市的冰封的街道向公共图书馆走去，去看《文摘》[3]的"书评栏"。

---

[1]《论坛》月刊创刊于1886年，1902至1908年改为季刊，1925年起也刊登文学作品，H.G.李区于1923年任主编后，开始刊载涉及美国内政和国际热点的论战文章。

[2] 费尔普斯（1865—1943）长期担任耶鲁大学英国文学教授，在《斯克里布纳氏杂志》上开辟《就我所好》专栏，评价人文学科作品。

[3]《文摘》周刊于1890年创刊，20世纪20年代每期有近两百万份的销量。1938年被《时代》周刊所兼并。

黛安娜等邮差送来《书人》。黛安娜，在雪地里，等邮差送来《星期六文学评论》[1]。黛安娜，没戴帽子，站在愈发大的风雪中，等邮差给她送来《纽约时报》的"文学版"。这样做有用吗？这样做了就可以留住他吗？

刚开始确实有效。黛安娜背下了约翰·法勒[2]写的社论。斯克里普斯面带微笑。此刻他的眼睛里闪现着早先的光芒，但很快就消失了。她使用错了词语、她对一个短语的理解错误、她的看法存在某种不同，使一切听起来显得不真实。她一定要保持执著，她不会被击倒。他是她的男人，她要留住他。她把看向窗外的目光收回，把桌上那份杂志的包装封套打开。那是《哈珀斯氏杂志》[3]，改版后的《哈珀斯氏杂志》，改版后的焕然一新的《哈珀斯氏杂志》。也许这会有用，她考虑着。

---

[1]《书人》月刊（1895—1933）及《星期六文学评论》周刊（1924年创办）都是当时有影响力的书评期刊。

[2]约翰·法勒，1896年出生，当时担任《书人》编辑，后与人合伙办出版社。

[3]《哈珀斯氏杂志》1850年由詹姆斯·哈珀（1795—1869）和约翰两兄弟创办的出版公司创刊，长期刊登英美作家的作品，大获成功。1900年以来，也刊涉及当代政治、社会问题的论文，并刊登著名哲学家的文章。20年代中期改版。

第十章

　　春天就要来临了，空气中能感到丝丝暖意了。奇努克风呼呼地刮着，工人们正从厂里出来往家走。斯克里普斯的那只鸟儿在笼中啼叫，声音悦耳。黛安娜从敞开的窗口向外望去，希望在大街上能看到她的斯克里普斯回来了。她可以留住他吗？她可以留住他吗？如果她失去他，她可以留住他的鸟儿吗？她最近总觉得会失去他。这段时间的每天晚上，她只要一接触斯克里普斯的身体，他就会转过身，不再面对着她。这是一点征兆，但生活就是由一点点征兆所组成的。她觉得会失去他。此刻她注视着窗外，有一份《世纪杂志》不知不觉从她手中掉下。《世纪》换了个编辑，增加了木刻插画。格伦·弗兰克去某地的一所名牌大学当头头了，那份杂志的编辑部又添了几位姓范多仑的[1]。

　　黛安娜心想这样做也许有点用。值得庆幸的是，

---

[1]《世纪杂志》于1881年创刊，刚开始叫《世纪插图月刊杂志》，连年发表《林肯传》、长篇小说连载以及大量受人欢迎的短篇小说，卡尔（1885—1950）于1922至1925年担任《世纪》文学编辑，曾发表大量评论专著；马克（1894—1972）当时任《民族》周刊文学编辑，除作家评论专著外，还发表了很多小说及诗集。本章中《世纪》即《世纪杂志》。

整个早晨她都在看那份《世纪》。后来，那暖洋洋的奇努克风刮了起来，她知道斯克里普斯快回来了。沿着大街走来的男人愈发多了，斯克里普斯在其中吗？戴上眼镜会看得清楚些，她却不想戴，她希望斯克里普斯看到的是她最漂亮的模样。随着她感觉到他的气息愈来愈近了，她之前对《世纪》寄托的信心逐渐减弱了。她以前非常希望这么做能获得一些能留住他的东西，她现在没信心了。

　　斯克里普斯跟着一大群热血沸腾的工人从大街上走来，他们被春色所挑逗。斯克里普斯挥舞着他的手提饭盒和工人们挥手告别，他们陆续从一家曾是酒馆的地方走过。斯克里普斯并没有抬头看窗子。斯克里普斯往楼梯走去。斯克里普斯的脚步声更近了。斯克里普斯的脚步声更近了。斯克里普斯进门了。

　　"下午好，亲爱的斯克里普斯，"她说，"我刚刚看了一篇鲁丝·苏科[1]写的短篇。"

　　"你好，黛安娜。"斯克里普斯回道。他放下手提饭盒。她看上去形容憔悴而显老，他大可对她体谅一点。

---

[1] 美国女作家鲁丝·苏科（1892—1960）主要写描述德国移民在依阿华州落户的奋斗史的长短篇小说，主人公往往是小姑娘。

"短篇写了什么，黛安娜？"他问。

"主角是依阿华州的一个小姑娘。"黛安娜说，她走向他，"写的是乡下人的事，让我有些缅怀我那湖泊地区的家乡。"

"是吗？"斯克里普斯问。水泵制造厂的工作使他或多或少变得冷淡了。他连讲话都变得直来直去，言谈和这些冷漠的北方工人越来越像了，但他的想法依然坚定。

"需要我读给你听吗？"黛安娜问，"上面的木刻插画很好看呢。"

"去那小饭馆怎么样？"斯克里普斯说。

"听你的，亲爱的。"黛安娜说，接着她声音一变，"真希望——唉，真希望你从未去过那里！"她拭去眼泪。斯克里普斯竟然没有发现她在流泪。"我把鸟儿带上吧，亲爱的，"黛安娜说，"它今天还没出去过。"

他们一起沿着大街走向那小饭馆。他们现在并不挽着对方的手前行了，他们走路时就像所谓的老夫老妻一样。斯克里普斯太太提着鸟笼，鸟儿在暖风中觉得很惬意。男人们跌跌撞撞地走着，沉醉在这美好的春色里，经过他们身边。好多人找斯克里普斯交谈，现在他在这座城里的名气很大，受人尊敬。有几个人一路蹒跚地走过，抬抬帽子对斯克里普斯太太致礼，她脸色麻木地回礼。要是我能把他留在身边就好了，她这么想着。要是我能留住他就好了。他们在半融化的积雪中沿着这北方城市狭窄的人行道一路走着，有什么想法在他的脑海里活跃了起来。也许正是两人并肩前进的节奏吧。我会失去他。我会失去他。我会失去他。

　　他们过马路时，斯克里普斯拉住了她的一条胳膊。他的手一碰到她的胳膊，黛安娜就知道一定会是这样。她肯定会失去他。街头，一群印第安人走过他们身边。他们是在讥笑她，还是在讲什么部落的笑话呢？黛安娜拿不准。她只觉得自己的脑海里在打着节拍。我会失去他。我会失去他。

作者注：

　　给读者看的又不是给印刷商看的，跟印刷商又有什么关系呢？印刷商是什么人呢？谷登堡。谷登堡圣经[1]、卡克斯顿[2]、十二点光字面卡斯隆活字[3]、整行铸排机。作者小时候曾被打发去找活字虱子[4]，作者年轻时曾被诱哄去找印版的钥匙。啊，他们是知道这些伎俩的，这些印刷商。

　　可能读者开始不理解了，我们现在已回到了本书的开头，瑜伽·约翰逊和斯克里普斯·奥尼尔正在水泵制造厂里，外面刮着奇努克风。你们清楚，此刻斯克里普斯已从水泵制造厂下班，正和他的妻子一起去那小饭馆，而她正担心自己会失去他。对我来说，我并不认为她有留下他的能力，但是读者有自己判断力。我们现在暂且不谈这对夫妇，回顾一下瑜伽·约翰逊。我们希望读者喜欢上瑜伽·约翰逊。这故事从现在起要加快进度了，免得哪位读者觉得厌倦。我们还会试着插入一些绝妙的奇闻逸事。如果我们告诉读者这些

---

[1] 德国金匠约翰·谷登堡（1398—1468）发明了用活字与机械来印制书籍的方法，于1455年左右在美因兹印制发行了拉丁文《圣经》，每页42行，故又名《42行圣经》，是最早的活字印刷品。

[2] 威廉·卡克斯顿（约1422—1491）1476年在德国专研印刷术，后回英国创办印刷所，出版并翻译了许多书刊。

[3] 英国铸活字工人威廉·卡斯隆（1692—1766）于1720至1726年设计的一套活字，后来以其姓氏命名。他创办了一家完备的铸活字厂。"点"为计量活字宽度的单位，等于1/72英寸。

[4] 这是捉弄新工人的伎俩：把排好的活字板浸泡过水，叫人找有没有虱子，趁他凑近仔细寻找时，再挤出污水，溅在他脸上。

奇闻逸事中最精彩的是来自于福特·马多克斯·福特[1]，算不算是违背了保守秘密的诺言呢？我们应该感谢他，我们希望读者也这么做。无论怎样，我们要接着说瑜伽·约翰逊了。瑜伽·约翰逊，读者应该还有印象，就是那个参加过大战的伙计。开头时，他刚从水泵制造厂中走出来。

　　用倒叙的方法写作十分困难，因此作者希望读者能明白这一点，不会对这段简短的解释感到厌烦。我知道自己会很喜欢拜读读者写的东西，并且希望读者也能这么想。如果哪位读者希望我对他写下的东西进行指点的话，我每天下午都会去圆顶咖啡馆[2]，跟哈罗德·斯特恩斯和辛克莱·刘易斯[3]谈论文学，读者可以把自己写的东西带来，或者通过我的存款银行寄给我，如果我有存款银行的话。好了，如果读者做好

[1] 英国作家福特·马多克斯·福特（1873—1939）于1908年创办《英语评论》杂志，探讨小说创作。在第一次世界大战中负伤，于1915年发表杰作《好兵》。战后去巴黎主编《泛大西洋评论》（1924），刊登乔伊斯和海明威等人的作品。

[2] 位于巴黎的拉丁区，塞纳河左岸文人艺术家荟萃之地。

[3] 哈罗德·斯特恩斯（1891—1943）当时被流放到巴黎，在1921年发表的《美国和青年知识分子》中，代表战后的年轻一代发表了反对当代文明的宣言。辛克莱·刘易斯（1885—1951）于20世纪20年代初陆续发表《大街》《巴比特》《阿罗史密斯》等名作。

准备了——要清楚，我并不想催促读者——我们就回过头讲瑜伽·约翰逊吧。但请记住，当我们回头讲瑜伽·约翰逊时，斯克里普斯·奥尼尔正和他的妻子一起走向那小饭馆。他们在那儿会发生什么故事，我可不知道。我只希望读者能帮帮我。

第三篇　处于战争中的男人们以及社会的消亡

　　同样可以指出的是，做作并非意味着彻底否定那些做作的特性。所以话说回来，碰到这是出于伪善时，它就几乎近似于欺骗了；但如果只因为虚荣心，它就带有炫耀的性质：例如，爱慕虚荣的人做作地装出慷慨大方的样子，和贪得无厌的人同样做作地表现是截然不同的。因为尽管爱慕虚荣者和他存心装出的那副样子并不协调，换句话说，并不具备他假装出来的那种美德，达不到让人家认为他具备这品质的程度，但倒是比较适合他，并不像贪得无厌者那么别扭，而这个贪得无厌者却正是和他存心要表现出来的那副样子截然相反的。

　　　　　　　　　　　　　　　　——（英）亨利·菲尔丁

第十一章

水泵制造厂有一扇专供工人进出的门，瑜伽·约翰逊从那里走出来，顺着大街走去。空气中带着暖意。冬雪融化，雪水在阴沟里流动。瑜伽·约翰逊走在街道中央，脚下的积雪还未完全融化。他拐了个弯向左走去，从桥上跨过熊河。河面上的冰早已化了，他注视着棕色的流水卷着旋涡。下面，河道两岸，柳树丛中绽放出嫩绿的新芽。

这是正宗的奇努克风，瑜伽想。那工头的决定是正确的。这种日子把工人们留在厂里是危险的，什么祸事都有可能发生。这厂子的主人多少还知道事情的严重性。奇努克风一来，就让大家离开了工厂。这样，即便有人受伤的话，他也不用负任何责任了。他不会触犯雇主责任条例的。他们多少知道轻重，这些大水泵制造商。他们很聪明，没错。

瑜伽很忧虑。他心情沉重。春天来了，这是千真万确的，但他对女人没有欲望。这事让他近来一直很不安。这事无可置疑，他对女人没一点兴趣。他不清楚原因。他有天晚上去了公共图书馆，想找一本书。他瞄了眼那位图书管理员，但他对她没有兴趣。不知为什么，她在他心里没有引起一点涟漪。在他用餐的那家饭店里，他紧盯过那名给他端饭菜来的女服务员，他也不想要她。一群女中学生从他旁边经过，他把她们都仔细打量过，可是没有一个是他想要的。可以肯定，他生病了。他的精神要崩溃了吗？末日来临了吗？

罢了，瑜伽心想，可能以后都不需要女人了，尽管我不希望如此，可是我仍然保留着对马儿的爱好。他正在爬熊河边上的那座陡峭的小山，山路一直通往去夏勒瓦[1]的大路。这条山路其实并不是很陡，但是瑜伽认为它很陡，他两条腿像灌了铅似的很是沉重，也许是因为春天来了。在他面前有一家粮食饲料店，一组漂亮的拉车的马儿被拴在店门口。瑜伽向它们走去，他想摸摸它们。他需要一些东西让自己的心情平静下来。他走上前去，离他最近的那匹马盯着他。瑜伽把手伸进兜里想去掏一块方糖，可他没有方糖。马儿竖起的耳朵向后倒去，龇了龇牙。另一匹马儿猛地把头扭了过去。难道这就是马儿回报他的爱的方式吗？可能这些马儿生病了吧，可能它们患有鼻疽或者跗节肉肿，可能有什么东西嵌进了马蹄柔软的蹄楔中，也许它们是相好。

---

[1]夏勒瓦是濒密歇根湖的旅游城市，在佩托斯基西面。

　　瑜伽继续爬山，朝左拐是通往夏勒瓦的大路。他走过佩托斯基郊区的一些房屋，走上宽广的大路。他的右手边是一片田野，一直延伸到小特拉弗斯湾[1]。湛蓝的湾水向外扩张，流入辽阔的密歇根湖。湾对面，是港泉城[2]。后面的山坡上长着松树。再过去，远离你视线的地方，是十字村，那是印第安人的聚居地。从那里再往北，就是麦基诺海峡和圣伊格纳斯[3]，瑜伽·约翰逊在水泵制造厂中的工友奥斯卡·加德纳在这座城市里有过一次美妙的艳遇。再过去就是苏[4]，分别隶属于加拿大和美国。佩托斯基那群放荡不羁的家伙有时会去那边喝啤酒，那时的他们多开心啊。在很远的地方，往另一个方向，密歇根湖的南部是芝加哥，是斯克里普斯·奥尼尔在他那第一次婚姻宣告结束时想去的地方。在那附近是印第安纳州的加里，那里有不少大炼钢厂。附近还有印第安纳州的哈蒙德、密歇根城。再过去就是印第安纳波利斯了，布思·塔

---

[1] 夏勒瓦就位于小特拉弗斯湾湾口之南。

[2] 港泉城在小特拉弗斯湾北面。

[3] 麦基诺海峡地处密歇根州上、下半岛之间，东西连接密歇根湖和休伦湖。圣伊格纳斯就在麦基诺海峡的北面，和下半岛长8公里的麦基诺桥相通，1881年通了跨海峡铁路。

[4] 苏为苏圣玛丽城的简称，在上半岛的东北部，与加拿大的同名姐妹城市隔河相望，连通了公路及铁路桥。

金顿[1]就住在那里。他得到的资料有误，这个家伙。再往南应该是俄亥俄州的辛辛那提，从那儿过去是密西西比州的维克斯堡，再过去是得克萨斯州的韦科。啊！我们这个疆域辽阔的美国啊！

瑜伽跨过大路，在一堆原木上坐下，不管怎样，大战结束了，他还活着。

前一天晚上那图书管理员给了他一部安德森写的书[2]，那里面有个角色。到底是什么让他对那管理员不感兴趣呢？是因为他觉得她那口牙是假的吗？或者是因为其他原因？会不会有个小孩子去跟她说呢？他不确定，这又与他有什么关系？

那个安德森作品中的角色也当过兵。他在战场上待了两年，安德森写道。他的名字是什么呢？弗雷德

---

[1] 布思·塔金顿（1869—1946）主要以中西部为背景创作小说，其中《安倍逊大族》（1918）和《爱丽丝·亚当斯》（1921）先后获普利策奖。

[2] 美国作家舍伍德·安德森（1876—1941）于1919年发表《小城畸人》后达到创作事业的巅峰，于1921年去巴黎，和海明威同是斯泰因家文艺沙龙的座上客。这里提到的那本书指他于1925年发表的《黑色的笑声》，是海明威写《春潮》的模仿嘲笑的对象。

什么的[1]。这个弗雷德头脑里总有些想法在跳跃——是可怕的感觉。一天晚上，在战争时期，他外出游行——不，是巡逻——在真空地带，在黑暗中见到有个人一路东倒西歪地走着，就朝他开了枪。那人倒在地上死了。这是弗雷德唯一的一次故意杀人。在战争中你不会杀太多人的，那本书上是这么写的。真要命，为什么不会呢？瑜伽想，如果你也在前线当过两年步兵的话。人命如草芥，他们的确如此，瑜伽想。安德森认为对弗雷德来说那次杀人简直是举止失常的行为。他本可以和跟他一起的士兵们将那家伙包围后逼他投降的，他们的神经绷得太紧了。这次意外之后，他们集体当了逃兵。他们到底逃去哪儿了呢？瑜伽很想知道，巴黎吗？

后来，这件枪杀事故成了弗雷德的心结。这本就是理所当然的事，士兵们都是这么认为的，安德森写道。天，怎么会是这样呢？听说这个弗雷德可是在前线待过两年呢。

两个印第安人从路上走来，彼此咕哝着。瑜伽冲

---

[1]弗雷德·格雷是《黑色的笑声》中的主要人物，参军时在巴黎结识了一位姑娘并与之结婚，回美国中西部任工厂主。芝加哥记者斯托克顿突然离开了妻子，回到家乡，进该厂当工人，改名布鲁斯，后竟和弗雷德的妻子生了个孩子，然后私奔，使弗雷德感到困惑。

他们打了个招呼，那两人走了过来。

"白人酋长有口嚼烟草吗？"一个印第安人问。

"白人酋长带酒了吗？"另一个印第安人问。

瑜伽把两包盖世无双牌烟草和那只他随身携带的扁酒瓶递给了他们。

"白人酋长囤积了很多药品。"印第安人咕哝道。

"听着，"瑜伽·约翰逊说，"我来给你们讲一些关于大战的事儿。这个话题让我有很深的感触。"

印第安人坐在了原木堆上。其中一个印第安人指了指天空，说："大神马尼托[1]在高空中。"

另一个印第安人冲瑜伽眨了眨眼，咕哝道："白人酋长不会相信你那无聊的话的。"

"听着。"瑜伽·约翰逊说。于是他给他们讲了和大战有关的事儿。

对他来说大战并不是人们以为的那样，瑜伽告诉这两个印第安人。对他来说大战就像是足球，美式足球，大学里玩的那种，卡莱尔印第安学校[2]。两个印第安人点了点头，他们曾就读于卡莱尔的那家学校。

---

[1]大神马尼托是北美阿尔冈昆族印第安人崇拜的具有超自然力的神中的主神。

[2]卡莱尔为宾夕法尼亚州南部坎伯兰县首府，那家印第安学校培养出了很多优秀的美式足球即橄榄球运动员，于1918年关闭。

　　瑜伽以前是美式足球队的中锋，而大战跟这个几乎没有差别，令人很苦恼。玩美式足球拿到球的时候，要把上半身向下弯，分开双腿，把球按在身子前面的地上；你要认真听信号，明白它，然后恰当地把球传出去。你必须一直心神专注。你把球握在手里的时候，对方的中锋就在你的面前站着，当你传球时，他会抬起一只手啪地就朝你的脸打来，另一只手一把抓住你下巴的下面或者插进你的胳肢窝，用力把你往前拉，或者向后推，以形成一个方便他穿过去的缺口，打乱你方阵型。你要拼命地往前冲，用身躯硬把他撞出你守卫的防线，使两人双双倒地。与他相比你并不占上风，你可做不到把这玩意儿说成是乐事。球在你手里的时候，优势全在他那边。唯一的好消息是等球在他手里的时候，你就可以对他恣意妄为了。这样一来便扯平了，而且有时候你还会产生一种宽容的心情。美式足球和战争一样，会让人很苦恼。等你变得铁石心肠了，就会觉得欢呼雀跃和刺激，而最艰难的是必须记住种种信号。瑜伽想的是战争，而不是陆军部队，他指的是战斗。陆军部队与战争可不是一回事。你可以随着它与世浮沉，不然，与它相抗，然后被它摧毁。陆军部队是荒唐的东西，战争与它可不一样。

　　瑜伽没有对被他杀死的那些人耿耿于怀。他知道

自己以前杀过五个人，或许更多。他不相信你会耿耿
于怀那些被你杀过的人。如果你在战场上待过两年就
不会这样了，他认识的很多人在杀第一个人时情绪都
非常激动。如何不让他们杀得太多是很麻烦的事。如
何把俘虏送到那些鉴定俘虏的人那儿去也很困难。你
派一个人把两名俘虏送回去，或者派两个人把四名俘
虏送回去，会有什么结果？他们回来了，说俘虏们在
穿越火力网时被流弹击中了。他们总是用刺刀碰一下
俘虏裤子的后裆，等俘虏一跳就说："你想逃跑，你
这混蛋。"然后就一枪打向他的后脑勺。他们喜欢一
枪致命。再说，他们可不想穿过那要命的火力网回去，
一点也不想。这是他们从澳洲兵那儿学会的。说穿了，
这些德国兵算什么呀？一帮该死的德国佬而已。"德
国佬"这个词儿现在听起来很可笑。这一套是理所当
然的事儿。如果你也在战场待了两年的话，就不会这
么想了。最后他们会软下心肠，对过分的行为深表歉
意，担心自己也被打死，于是开始干些积德的好事。
不过这是从军的第四阶段，变得和善的阶段。

　　一个参加大战的优秀士兵的心路历程会经历四个
阶段：刚开始，你很英勇，初生牛犊不怕虎，你觉得
没有什么能使你死亡；后来你发现这是假的，你的内
心会变得胆怯，不过如果你足够优秀的话，还能像过

去那样尽职；再后来，等你负伤却没死时，随着新兵到来，他们也重复你的那种心路历程，你的心肠会变得冷硬，成为一个冷血的优秀士兵；然后是第二次情绪失控，比第一次更严重，这时你才会开始积德行善，做个跟菲利普·锡德尼爵士[1]一样的小伙子，在天堂囤积财富。同时，不用说，你还一直像以前那样尽忠职守，就像参加一场美式足球似的。

不过真要命，谁也没资格来写战争，除非他捕风捉影过一些事情。文学对人们思维的作用太大了。就拿美国作家薇拉·凯瑟[2]来说，她写了部战争小说，

---

[1] 菲利普·锡德尼（1554—1586）以诗歌闻名于世，但在英国文艺复兴时期是个全面发展的标准绅士，23岁时以英国特使的身份被女王伊丽莎白一世派去德国吊唁国丧，后来先后创作了牧歌短剧《五月女郎》、传奇故事《阿卡迪亚》、十四行诗组诗《爱星者和星星》、文学评论《诗辩》等，1583年被封为爵士，两年后任军需副大臣，在女王支持荷兰反对西班牙统治的战争中曾出任弗拉辛城总督，指挥过一支骑兵队，后在战争中负伤，不久去世，享年仅32岁。
[2] 薇拉·凯瑟（1873—1947）以创作讲述美国中西部大平原上拓荒者生活的小说著称，其代表作为《啊，拓荒者》（1913）和《我的安东尼亚》（1918）。荣获普利策奖金的《我们中间的一员》（1922）中，年轻的主人公脱离了中西部农庄的困人的生活，在去法国参加大战时恢复了元气。

书的结尾部分全部取材于《一个国家的诞生》[1]里的情节，而整个美国的退伍军人都给她写了信，跟她说他们多么喜欢这本书。

一个印第安人睡着了。他噘着嘴巴，他刚才嚼过烟草。他靠在另一个印第安人的肩膀上。醒着的印第安人指了下睡着的印第安人，摇了摇头。

"哦，你觉得我这一大段话如何？"瑜伽问醒着的印第安人。

"白人酋长有很多先进思想，"印第安人说，"白人酋长受过很好的教育。"

"谢谢你。"瑜伽说。他感动了。就在这朴实的土著居民中，这些唯一的地道的美洲人中，他感受到了那种真正的交流。印第安人看着他，小心翼翼地扶着那睡着的印第安人，避免让他的脑袋磕在被雪覆盖的原木堆上。

"白人酋长参加过大战？"印第安人问。

"我于1917年5月在法国登陆。"瑜伽说。

---

[1]美国作家托马斯·狄克逊（1864—1946）根据自己于1905年发表的小说《三K党人》改编成电影剧本《一个国家的诞生》，戴·华·格里菲思（1875—1948）担任导演，以美国内战及战后的南方为背景，其种族主义思想受到了谴责，但其在摄制技术方面的革新至今被尊为默片中的经典。

"我看白人酋长讲话的样子就觉得你可能参加过大战，"印第安人说着，把那睡着的伙伴的头抬了起来，让他的脸沐浴在夕阳的余光中，"他呀，他获得了维多利亚十字勋章，我也荣获了优异服务勋章和带金杠的军功十字勋章[1]。我担任第四C.M.R.[2]的少校。"

"认识你真高兴。"瑜伽说。他觉得很羞愧。夜幕降临了，只有密歇根湖面远处水天相接的地方还有一线残阳。瑜伽注视着这一线残阳逐渐变暗变细，最终变成了一道狭缝，消失了。太阳掉到了湖面以下。瑜伽从原木堆上站起身来，印第安人也站了起来，把他的伙伴弄醒，于是那个睡着了的印第安人也站起身来，看着瑜伽·约翰逊。

"我们要去佩托斯基参加救世军[3]。"那个比较清醒的印第安人说，他的个头很大。

"白人酋长也去吧。"那个个头较小、刚才睡着了的印第安人说。

---

[1] 英国颁发的三种勋章。

[2] C.M.R.为加拿大步枪骑兵部队的首字母缩写。

[3] 为循道会牧师威廉·布斯（1829—1912）于1878年在伦敦东区的救济所的基础上建立的慈善组织，他采取部队的形式，自任最高司令，以团队为基层单位，吸收志愿者信徒参加。后迅速发展到英国各地，并成为国际基督教慈善组织，遍布80多个国家，国际总部设在伦敦。

"我同你们一起进城。"瑜伽回答说。这两个印第安人是什么人？他们对他有什么影响？

黑夜降临了，被雪水浸得泥泞的路面变得僵硬。又结冰了。说白了，或许离春天还远呢。也许他对女人没兴趣也不是什么大事。既然春天还没来，要不要女人倒不是问题了。他要和这两个印第安人一起进城，找个美丽的女人，试试看要不要和她在一起。他转身拐上这条已经冰封的大路。那两个印第安人一直跟在他身边，三个人向同一个方向走去。

第十二章

夜色中，三个人沿着大路往佩托斯基走去。他们一路沉默不语。他们的鞋子踩破了新结的冰层。有时候瑜伽·约翰逊踩破一层薄冰，陷进水潭，两个印第安人就避了过去。

他们下山时经过了那家饲料店。从熊河上的那座桥跨过去，靴子踩在结冰的桥板上，响起空洞洞的声音，他们爬上小山，经过拉姆齐医生家和那家家庭茶室，一直走到弹子房。在弹子房门口，两个印第安人停了下来。

"白人酋长打弹子吗？"那个大个子印第安人问。

"不，"瑜伽·约翰逊说，"我的右臂残废了，是大战时受的伤。"

"白人酋长真倒霉，"小个子印第安人说，"来一局对号落袋弹子戏[1]吧。"

"他的四肢在伊普尔[2]被打断了，"大个子印第安人悄悄跟瑜伽说，"他很敏感。"

"好吧，"瑜伽·约翰逊说，"我打一局。"

他们走进那闷热的、弥漫着暖融融烟雾的弹子房。弄到了一张弹子台，把球杆从墙上取了下来。那小个子印第安人伸手取下球杆时，瑜伽看到他装着两条假肢，都是用棕色皮革做的，扣在手肘上。在这平坦的绿呢台上，照着明亮的灯光，他们玩了起来。过了一个半小时，瑜伽·约翰逊发现他输给了小个子印第安人4块3毛钱。

"你打得真好。"他对小个子印第安人说。

"我以前打得才好呢。"小个子印第安人回答。

"白人酋长想喝酒吗？"大个子印第安人问。

"你去哪儿喝啊？"瑜伽问，"我只能去希博伊

---

[1]这是一种落袋弹子戏，赛前双方各抽一批号码，要把号码相同的弹子打落袋中才能得分。

[2]伊普尔为比利时西部城市，第一次世界大战中在英军防守中因为地处防线的主要突出部分，全部被炮火所毁。战后按原来的风格重建。

根[1]喝。"

"白人酋长陪红人哥们儿去吧。"大个子印第安
人说。

他们离开了弹子台，把球杆放回墙上的搁架上，
去柜台结了账，就离开了弹子室走进夜色中。

一条条漆黑的街道上，人们都悄悄回家了。霜冻
开始了，所有东西都被冻得又冷又硬。那奇努克风终
究不是正宗的奇努克风。春天还没到来，空气中的寒
气打断了那些人的纵酒寻欢，这寒气向他们证明了奇
努克风还没来。那名工头，瑜伽想，明天要倒霉了。
也许这全是那帮水泵制造商的手段，为了能名正言顺
地辞退这名工头。之前发生过这种事的。穿过黑夜，
一小群一小群人静静地往家走去。

那两个印第安人跟着瑜伽走着，一边一个。他们
拐上一条小巷，三个人停在一座有点像马房的房子前。
那就是一座马房。两个印第安人把门打开，瑜伽跟着
他们走了进去。有架梯子连接着上面那层楼。马房里
面很黑，高个印第安人点亮了一根火柴让瑜伽看清楚

---

[1]希博伊根位于佩托斯基东北，是靠近休伦湖的一座港口城市。当时正
处于美国的禁酒时期（1920—1933），酿私酒者只在非法经营的酒店中
出售私酒，一般在较大的城市中才有。下文的那个由城市印第安人办的
马房俱乐部就是为了保密，只接纳特定的顾客。

梯子。小个子印第安人先爬了上去，他登楼时两条假肢上的金属铰链发出嘎吱的响声。瑜伽跟着他爬了上去，另一个印第安人跟在瑜伽身后，点亮一根根火柴为瑜伽照路。小个子印第安人敲了敲梯子靠墙的顶端的天花板，有人也应声敲了一下。听到回应后，小个子印第安人在他头顶的天花板上清脆地敲了三下。天花板上的活板门打开了，他们就都向上朝那间点着灯的屋子爬去。

吧台在屋子的一个角落里，前面有根黄铜横杆，放着几只高高的痰盂，一面大镜子挂在吧台后面。一些安乐椅随意摆放着，还有一张弹子台。一排杂志被用木杆报夹夹着挂在墙上。一幅裱了镜框的亨利·华德华斯·朗费罗[1]的亲笔签名画像挂在墙上，框上衬着美国国旗。安乐椅上有几个印第安人正坐着看书，还有一小群人站在吧台前。

"这个小俱乐部挺好的，对吧？"有个印第安人走上前来说，跟瑜伽握手，"我几乎每天都会在水泵制造厂见到你。"

他是在瑜伽附近的一台机器前工作的工人，另一

[1] 朗费罗（1807—1882）是深受大众喜爱的19世纪美国诗人，他的长篇叙事诗《海华沙之歌》（1855）描写了苏必利尔湖南岸奥吉布瓦族印第安人的传奇领袖的英雄业绩。

个印第安人走了过来和瑜伽握手，他也在水泵制造厂工作。

"太倒霉了，这阵奇努克风。"他说。

"是啊，"瑜伽说，"虚惊一场而已。"

"过来喝一杯吧。"第一个印第安人说。

"我和别人一起来的。"瑜伽回答，这些印第安人到底是怎样的人呢？

"带他们一起来吧，"第一个印第安人说，"多一两个人还是坐得下的。"

瑜伽环视四周，没发现带他来的那两个印第安人。他们在哪儿？随后他看见他们在弹子台边。这个跟瑜伽说话的有礼貌的高个儿印第安人顺着他的目光看去，他会心地点了点头。

"他们是林地印第安人，"他解释说，"我们这儿大多数是城市印第安人。"

"对，当然啦。"瑜伽表示同意。

"那个小伙计的战绩十分突出，"有礼貌的高个儿印第安人说，"另外的那个伙计也是位少校，我记得。"

瑜伽跟着这个有规矩的高个儿印第安人来到吧台前。吧台后边站着个酒保，是个黑人。

"来点狗头牌麦芽酒如何？"印第安人问。

"好。"瑜伽说。

"两杯狗头牌，布鲁斯。"印第安人对酒保说，酒保咯咯地笑了。

"你为什么笑，布鲁斯？"印第安人问。

黑人爆发出一阵尖锐的大笑萦绕在人们心头。

"我就知道，红狗主子，"他说，"我就知道你总是会要狗头牌的。"

"他是个乐天派，"印第安人告诉瑜伽，"做个自我介绍，我叫红狗。"

"敝姓约翰逊，"瑜伽说，"瑜伽·约翰逊。"

"啊，我们都久仰大名，约翰逊先生，"红狗微笑着说，"容我向你介绍我这几位朋友，坐牛先生、中毒水牛先生和朝后奔臭鼬酋长。"

"坐牛，这名字很熟。"瑜伽说，跟他们一一握手。

"啊，我可不是那些坐牛[1]之一。"坐牛先生说。

"朝后奔臭鼬酋长的曾祖父曾经把曼哈顿岛给卖

---

[1] 坐牛（约1831—1890），印第安名为塔坦卡·约塔克，是达科他州印第安人首领，1876年率领苏族抵抗白人侵占他们的聚居地，于6月25日全歼卡斯特中将率领的两百多名士兵，史称"卡斯特的最后一役"。后因物资短缺，于1877年率部下进入加拿大。后来回北达科他州，于1881年投降政府，两年后获释。1885年参加野牛比尔组织的西大荒演出，赢得美洲模范印第安酋长的称号。1890年末举行印第安人宗教仪式"鬼舞"时被白人以鼓动叛乱的罪名发出逮捕令，于混战中被杀。

了，得到了几串贝壳币[1]。"红狗解释道。

"很有意思。"瑜伽说。

"就现在来说，这点儿贝壳币于我们是一笔巨款。"朝后奔臭鼬酋长带着懊恼的苦笑说。

"朝后奔臭鼬酋长那儿还有一些贝壳币，你想看一看吗？"红狗问。

"说真的，我很想看。"

"其实和其他贝壳币没什么分别。"朝后奔臭鼬毫不在意地解释道。他从兜里拉出一串贝壳币，递给了瑜伽·约翰逊。瑜伽好奇地看着：这串贝壳币在我们美国起过什么作用啊。

"你想不想拿一两串贝壳币做个纪念？"朝后奔臭鼬问。

"我可不想拿走你的贝壳币。"瑜伽拒绝道。

"它们本身并不值什么。"朝后奔臭鼬解释道，从那一串上取了一两枚贝壳下来。

"对朝后奔臭鼬家而言，它们只是一种感情上的寄托。"红狗说。

---

[1] 荷兰商人彼得·米纽伊特（约1580—1638）于1626年用价值24美元的货物从印第安人手中买下曼哈顿岛，在南部建立荷兰殖民地新阿姆斯特丹，并担任总督。1664年该岛转归英国，改名为纽约，即现在纽约市的中心岛。这里作者是在戏说。

"你真是太热忱了，朝后奔臭鼬先生。"瑜伽说。

"这不算什么，"朝后奔臭鼬说，"等会儿你也会这么对我的。"

"你很热忱。"

吧台后面，那个黑人酒保布鲁斯弯腰站在那，看着那些贝壳币被拿来拿去。他那张黑脸神采飞扬，冷不丁地，没有任何征兆，他发出一阵洪亮的、随意的大笑。那是黑人特有的黑色的笑。

红狗冷酷地望着他。"我说，布鲁斯，"他尖刻地说，"你的欢笑有些不合适吧。"

布鲁斯忍住笑，拿了块毛巾擦了把脸，愧疚地转动着眼珠。

"唉，忍不住啊，红狗主子。我看到屋后茅房[1]臭鼬先生把那几串贝壳币送来送去，就再也忍不住了。他为什么为了那几串贝壳币就卖掉了纽约那样的大城市呀？不就是贝壳币嘛！把你们的贝壳币拿走！"

"布鲁斯是个古怪人，"红狗解释道，"不过他是个极好的酒保和和善的家伙。"

"你这话真是太对了，红狗主子，"酒保朝前弯

---

[1]布鲁斯有意把"朝后"（Backwards）读作"backhouse"，意思是"屋后茅房"。

着腰说，"我有颗黄金般的心。"

"但他还是个古怪人，"红狗觉得歉疚，"管理委员会一直要我另外招人，但我就是喜欢这家伙，说来也很奇怪。"

"我没事的，老板，"布鲁斯说，"只是看到了什么有趣的事儿就忍不住想笑。你知道我没有恶意，老板。"

"说得好，布鲁斯，"红狗表示赞同，"你是个忠厚的家伙。"

瑜伽·约翰逊环顾四周。另外几个印第安人离开了吧台边，朝后奔臭鼬正在给一小群刚进来的身穿晚礼服的印第安人看贝壳币。那两个林地印第安人还在弹子台边玩。他们脱了上衣，弹子台上方的灯光照在那小个子林地印第安人的两条假肢的金属关节上，闪闪发光。他已经连续赢了11盘。

"那小伙计如果不是在大战中倒了霉，可能会成为一名打弹子高手。"红狗说，"你想在这俱乐部里四处转转吗？"他从布鲁斯手中把账单拿过来签了字后，瑜伽就跟着他走进了隔壁房间。

"我们的会议室。"红狗说。只见四周的墙上挂着用镜框裱起来的本德尔酋长[1]、弗兰西斯·帕克曼[2]、戴·赫·劳伦斯[3]、迈耶斯酋长、斯图尔特·爱德华·怀特[4]、玛丽·奥斯丁[5]、吉姆·索普[6]、卡斯特将军、格伦·华纳[7]、梅布尔·道奇的亲笔签名照，以及一幅亨利·华德华斯·朗费罗的全身油画像。

　　从会议室过去是间更衣室，有一个不怎么大的浴

---

[1] 本德尔酋长（1883—1954）是奥吉布瓦族印第安人，原名查尔斯·本德尔，在卡莱尔印第安学校学习过，后来成为棒球明星。时任美国海军军官学校教练。

[2] 弗兰西斯·帕克曼（1823—1893）是美国历史学家，专攻英法早年开发北美洲的历史，其代表作有《俄勒冈小道》（1849）。

[3] 戴·赫·劳伦斯（1885—1930）即发表了颇具争议的《查泰莱夫人的情人》的英国小说家。

[4] 斯图尔特·爱德华·怀特（1873—1946）早年在密歇根州发表了不少以河上船工、矿工和伐木工等的生活为内容的小说，后长期居住在加利福尼亚，著有描写黄金潮的《加利福尼亚》三部曲及其他西部小说。

[5] 玛丽·奥斯丁（1868—1934）曾在美国西部沙漠地带居住多年，研究印第安人生活，于1903年发表《雨水稀少的地区》而闻名，著有小说、剧本、儿童文学、印第安人歌曲研究以及和妇女问题、女权运动等息息相关的专著。

[6] 吉姆·索普（1886—1953）是印第安裔的美国棒球和橄榄球明星，在1912年奥运会上获得了十项和五项全能冠军，后因其以前担任过职业棒球运动员而被追回金牌，但是其仍被尊为20世纪上半叶最佳美国运动员。

[7] 格伦·华纳（1871—1954），著名橄榄球教练，1899年起，先后在卡莱尔印第安学校、匹兹堡大学、斯坦福大学任教，前后长达46年。

池或者可以算是游泳池的地方。"就一家俱乐部而言，这里实在是太点小了。不过如果晚上觉得无趣，倒是可以跳进这小池子里享受一番。"红狗微笑道，"我们叫它棚屋[1]，你要知道，相比较而言我很满意这件作品。"

"这是个很出色的俱乐部。"瑜伽发自肺腑地说。

"你愿意的话可以提名让你加入。"红狗提议说，"你是哪个部落的？"

"你指的是什么？"

"你的部落。你是什么——索克族的'狐人'？吉布瓦族？克里族[2]，我想是的。"

"哦，"瑜伽说，"我的父母是瑞典人。"

红狗仔细打量着他，眯着双眼。

"你确定没有骗我？"

"没有，他们是瑞典人或挪威人。"瑜伽说。

"我早该看出来你长得有点儿像白种人，"红狗说，

---

[1] 棚屋（wigwam）特指五大湖地区的印第安人把小树树干插在地里，弯成拱形，盖上用草或树皮编的席子而成的长方形或圆顶的住宅。

[2] 索克族印第安人世居威斯康星州一带，"狐人"（有时音译为"福克斯族"）和索克族血缘较近，经常被一并提及。吉布瓦的全名是奥吉布瓦，指原居美加边境休伦湖和苏必利尔湖一带的印第安人。克里族早年占据加拿大南部大片土地，因连年征战及天花流行，人口锐减，只遗留下分散的群体。以上四族都说阿尔冈昆语。

"这一点能被及时地澄清，真是苍天有眼。已经不知道惹了多少闲话啦。"他伸出一只手按在头上，撅起嘴。"听着，你，"他猛地转身，一把抓住瑜伽的马甲，瑜伽感到一支自动手枪的枪口顶着他的肚子，"你悄悄走出这间会议室，拿上你的大衣和帽子离开，就当什么都没发生过。遇到有人跟你说话的话，礼貌地跟他说声再见。以后不许再来了，明白了吧，你这瑞典佬。"

"明白了，"瑜伽说，"把枪收起来。我可不怕这个。"

"按我说的做，"红狗命令道，"至于那两个带你来的打弹子的，我会把他们开除的。"

瑜伽走进那间明亮的屋子，看了看吧台，只见酒保布鲁斯正在那儿看着他。他拿了大衣和帽子，跟朝后奔臭鼬说了声晚安，臭鼬还问他干吗这么早就走，而布鲁斯正拉开通往外面的活板门。瑜伽抬腿走下梯子，这黑人爆发出一阵大笑。"我早就知道了，"他笑着说，"我一开始就知道了，哪个瑞典佬也骗不了老布鲁斯。"

瑜伽回头看去，只见那黑人那张猖狂的笑脸被框在从拉起的活板门中透出的长方形灯光圈里，一踩上马房的地面，瑜伽就四处张望。只有他孤身一人。这旧马房中的麦秆踩起来很僵硬，是被冻住了。他刚才在哪儿？去过一家印第安人的俱乐部吗？发生了什么事？难道就这么结束了？

　　他头顶的天花板上泄下一道狭长灯光，接着就被两个漆黑的身影挡住了，只听见"砰"的一脚，"啪"的一拳，接连不断的重击声，时而沉闷，时而清脆，然后两个人形的东西就从梯子上骨碌碌地滚了下来。从上面传来一阵黑人的黑色的笑声，在他耳边回响。

　　那两名林地印第安人从地上的麦秆上爬了起来，一瘸一拐地往门口走去。其中那个小个子在哭，瑜伽跟着他们走进外面的寒夜中。天气很冷。夜色晴朗。星星都出来了。

　　"俱乐部非常不好，"大个子印第安人说，"俱乐部非常非常不好。"

　　小个子印第安人还在哭。瑜伽借着星光，看清他少了一条假肢。

　　"我再也不打弹子了。"小个子印第安人抽泣着说。他用剩下的胳膊朝俱乐部的窗子挥了一下，一道狭长的灯光从窗内漏出来。"见鬼的俱乐部，非常非常不好。"

　　"不要介怀，"瑜伽说，"我帮你在水泵制造厂找份工作。"

　　"水泵制造厂，还是不要了，"大个子印第安人说，

"我们都去参加救世军吧。"

"别哭了，"瑜伽对小个子印第安人说，"我买条新胳膊给你。"

小个子印第安人还在继续哭，他坐在积雪的路面上。"不能打弹子了，我什么都不在乎了。"他说。

一个黑人的笑声从他们上方俱乐部的窗户里传出来，在他们耳边回响。

作者注：致读者

如果可能有什么历史价值的话，我非常乐意说明我只用了两个小时就在打字机上完成了上面的那一章，随后跟约翰·多斯·帕索斯[1]一起出去吃了午餐。我觉得他是个令人钦佩的作家，而且非常惹人喜爱。这就是在外省[2]所谓的曲意逢迎。我们午餐吃的是醋熘鲱鱼卷、面拖板鱼、红酒洋葱炖野兔、苹果果酱，还有一瓶1919年的蒙特拉雪干白葡萄酒，按我们以前惯用的说法（呃，读者？），把这些东西全吃了下去，

---

[1] 约翰·多斯·帕索斯（1896—1970）在一战后比海明威先到巴黎，也在探索小说创作技巧，1925年发表创新长篇小说《曼哈顿中转》。

[2] 因为两人当时都在巴黎，海明威便借用巴黎的法国作家的传统观点，把巴黎以外的地区统称为外省，略含贬义。

还有那道鳎鱼，而且每人还喝了瓶1919年的博讷济贫院红葡萄酒[1]！和着炖野兔肉一起吃。我记得我们吃苹果果酱（英语叫apple sauce）时一起喝掉了一瓶尚贝坦干红葡萄酒。两杯陈的果渣酿白兰地下肚后，我们决定不去圆顶咖啡馆了，于是各自回了家，然后我就完成了下面的那一章。我希望读者能将重点放在本书中那些不同角色的七零八落的生活线索是如何连接在一起的，然后固定在小饭馆中那一幕令人难以忘记的场面中。正是等我把这一章朗读给多斯·帕索斯先生听后，他喊道："海明威，你写了一部巨著。"

又及——由作者致读者

正是在这重要关头，读者，我要试图把那股能证明本书的确是部伟大作品的磅礴的气势写进去。我知道你们和我一样，读者，十分希望我能捕捉这磅礴的气势，因为这一点对我们双方都意义重大。赫·乔·威

---

[1]博讷是法国中东部的一座古城，在罗马统治时期就是葡萄种植中心，现在是勃艮第地区酿酒业的中心。1443年，当时的勃艮第公爵创办博讷济贫院，种植大片葡萄，于每年11月公开拍卖所产的优质葡萄酒。

尔斯先生[1]曾来我家做过客（我们搞文学这行当颇有成效，呃，读者？），有天他说也许我们的读者，就是你啊，读者——试想一下，赫·乔·威尔斯先生居然在我们家说起你。无论怎么说，赫·乔·威尔斯对我们说或许读者们不大会把这部小说看成是自传性的。对不起，读者，请把这个想法从头脑里踢出去吧。我们[2]曾居住在密歇根州的佩托斯基，毋庸置疑，而且理所当然的有很多角色的原型都源自于我们的生活。不过他们是其他人，都不是作者本人。作者只是在这些短注中才露面。不错，在开始写这部小说前，我们花了12年研究北方的几种不同的印第安方言，而我们翻译的《新约全书》的奥吉布瓦语译本至今还保存在十字村的博物馆里。若换成你，读者，易地而处的话你也会这么做的。所以我想，如果你细细思考，

---

[1] 英国作家赫·乔·威尔斯（1866—1946）自1895年以来先后发表了《时间机器》《星际战争》等一系列科幻小说，后来在《托诺-邦盖》（1909）等小说中转为描写现实的问题。1920年发表巨著《世界史纲》，奠定了其在当时西方文坛上的权威地位。而海明威当时只发表了一些短篇小说和诗歌，本书可说是他的第一部习作，所以有下面这一段"戏说"。

[2] 从这里开始，"我们"不包括作者的妻子，而只代表他本人。海明威在这里采用了新闻工作者在写社论时常用的"社论式的复数第一人称"（the editorial we）。

就会在这一点上和我们站在同一阵线了。现在回头来说这部小说吧。如果我说你根本就想不到，读者，这下面的一章有多么难写，那是从最真挚的美好情谊出发来说的。说实话，我就是力求在这些事上做到坦诚相待，我们现在还压根儿不想动笔，要等到明天才写。

第四篇　一个伟大民族的消亡以及美国人道德的形成和败坏

　　不过可能有人会提出不同意见，说我违背了自己的原则，在这部作品中提供了伤风败俗的事例，而且是十分恶劣的那一类型。对此我要申明一下：首先，要深入探讨一系列人的行为又要避开这种事例是非常不容易的；其次，在书中能找到的伤风败俗事例也是某些人性中弱点或瑕疵所带来的偶然性后果，而不会是存在于思想上的习惯性动机；第三，这些事例绝对不是为了嘲笑，而是为了憎恶才加以陈述的；第四，这些人绝对不是当时的主角，而最后，他们也没有造成他们策划的恶果。

——（英）亨利·菲尔丁

第十三章

　　瑜伽·约翰逊沿着寂静的大街走着，一条胳膊搂着小个子印第安人的肩膀。大个子印第安人和他们并肩前行。寒夜中，城里只有那些钉着门板的房屋伫立在街道两边。那小个子印第安人，弄丢了一条假肢。大个子印第安人，参加过大战。瑜伽·约翰逊呢，也参加过大战。他们三个走啊，走啊，走啊。他们要去哪儿呢？他们能到哪儿去呢？还有什么指望啊？

　　街角上一根下垂的电线上吊着一盏晃动的路灯，灯光洒下来照在雪地上，大个子印第安人突然在灯下停住脚步。"赶路不会带我们去某个地方，"他嘟囔道，"赶路不起作用，让白人酋长说吧。我们去哪儿，白人酋长？"

　　瑜伽·约翰逊不清楚。很明显，赶路解决不了他们的问题。赶路本身没问题。考克西失业请愿[1]，一

---

[1] 美国于1893年发生经济危机，第二年3月25日，商人雅各布·塞·考克西（1854—1951）带领约100名失业者从俄亥俄州马西隆出发，5月1日到达华盛顿时，已增加到500人左右。这是当时众多请愿队伍中唯一到达目的地的一支，影响广泛，但并没有成功。杰克·伦敦曾加入过该队伍，他将一路上看到的民生疾苦，集中地反映在1907年发表的流浪经历回忆录《我在社会底层的生活》中。

大群人寻找工作，向华盛顿前进。前进的人们，瑜伽想，不断地前进，前进，但是哪里是他们的终点呢？没有目标，这一点瑜伽再清楚不过了。什么目标都没有，根本就没有目标。

"白人酋长说吧。"大个子印第安人说。

"我说不准，"瑜伽说，"我压根儿不知道。"难道这就是引起那场大战的原因吗？难道这就是这件事的真相吗？看来是这样的。瑜伽站在街灯下。瑜伽思索着。那两个穿着麦基诺厚呢上衣[1]的印第安人，其中一个有一只空袖管，他们全都在思索。

"白人酋长不说？"大个子印第安人问。

"对。"瑜伽能说什么呢？有什么可说的呢？

"红哥们儿说？"印第安人问。

"说吧，"瑜伽说，他低头注视着地上的积雪，"现在所有人都一个样。"

"白人酋长去过布朗小饭馆吗？"大个子印第安人问，在弧光灯下凝视着瑜伽的脸。

"没有，"瑜伽感到非常懊恼。难道就这样结束了？一家小饭馆。罢了，一家小饭馆也跟其他地方没区别

---

[1]麦基诺厚呢以原产于密歇根州下半岛北端的麦基诺城得名。这是种双排扣上衣，有方形大贴袋和宽腰带。

吧。可是一家小饭馆。罢了，有什么理由不去呢？这些印第安人对这座城市非常熟悉。他们是复员军人，他们俩都战功卓著。这一点他很清楚。可是一家小饭馆。

"白人酋长陪红哥们儿一起去吧。"高个儿印第安人用一条胳膊挽着瑜伽的臂弯。小个子印第安人跟他们并肩而行。"向小饭馆前进。"瑜伽轻轻说。他是个白人，可是受够了委屈后他才知道，说白了，白种人也许并不一直都是高高在上的吧。在这场穆斯林的暴动中，东部兵连祸结，西部动乱不断，南部看起来处境暗淡，现在北部又发生了这种事。这种情况要带他到什么地步？这一切会发展成什么样？想要一个女人，对他有好处吗？春天还会来吗？归根结底，这么做值得吗？他思索着。

他们三人并肩走在佩托斯基冰封的街道上。这时是有目标的。在路上，于斯曼[1]写过的。读法文原著应该很有趣，他得找个时间试试。巴黎有条街就是以

---

[1] 法国作家约里斯·卡尔·于斯曼（1848—1907）早期写自然主义小说。1882年起发表了一系列自传性的小说，描述了一段漫长的心路历程。《在途中》（1895年）为他进修道院后所写。

于斯曼来命名的，就在格特鲁德·斯泰因的公寓[1]拐个弯的地方。啊，这个女人真了不起！她那些文字实验引导她到达了什么境界啊？归根结底这是怎么回事啊？

这一切发生在巴黎。啊，巴黎。且说巴黎有多远。巴黎的早晨。巴黎的傍晚。巴黎的晚上。巴黎又是早晨了。巴黎的中午，可能吧。为什么不呢？瑜伽·约翰逊大步向前走，他的思绪一直平静不下来。

他们三人一起大步向前走，有胳膊的人都用胳膊勾住彼此的胳膊。红种人和白种人并肩步行，是什么原因让他们走到了一起？是那场大战吗？是命运吗？是意外吗？还是就是机遇呢？这些疑问在瑜伽·约翰逊的脑子里互相角逐。他的头脑筋疲力尽了，他最近想得太多了。他们继续大步向前走。后来，他们突然停了下来。

小个子印第安人抬头望向那招牌，它在那小饭馆外结着霜花的窗子上闪闪发亮：试试便知。

"大胆地试试看吧。"小个子印第安人咕哝道。

"白人开的小饭馆有很多好吃的T字骨牛排，"高

---

[1] 格特鲁德·斯泰因于1903年在巴黎定居，其在花园街27号的寓所成为当时的新潮艺术家、作家聚会之地。毕加索、马蒂斯、舍·安德森、菲茨杰拉德、海明威等都是常客。

个儿印第安人咕哝道，"相信红哥们儿的话吧。"两个印第安人站在门外，有点儿进退维谷。高个儿印第安人转向瑜伽："白人酋长有美钞吗？"

"有，我带了钱，"瑜伽回答。他准备好要把这事做完，如今可没有回头路了，"我请客，朋友们。"

"白人酋长天性良善。"高个儿印第安人咕哝道。

"白人酋长做事细心。"小个子印第安人表示赞同。

"你们也会这么对我的。"瑜伽表现得毫不在意。也许这就是这么回事，他在试运气。他曾在巴黎试过运气，斯蒂夫·勃洛第[1]试过运气。可能只是大家的传说。世界上每一天都有人在试试运气。在中国，中国人在试运气。在非洲，非洲人。在埃及，埃及人。在波兰，波兰人。在俄罗斯，俄罗斯人。在爱尔兰，爱尔兰人。在亚美尼亚——

"亚美尼亚人不试运气。"高个儿印第安人嘀咕道。他说出了瑜伽没说出口的疑问。他们很聪明，这些红种人。

"连做地毯生意都不试运气吗？"

"红哥们儿认为不试。"那印第安人说。瑜伽觉

---

[1]爱尔兰移民的后裔。斯蒂夫·勃洛第以卖报为生，据说曾在酒吧跟人打赌，从纽约的布鲁克林大桥跳入下面的东河，并赢得了胜利。

得他的口气使人信服。这些印第安人是什么人啊？这中间有些什么缘故吧。他们走进这家小饭馆。

作者注：致读者

本故事讲到这个重要关头，读者，弗·司各特·菲茨杰拉德先生有天下午来我们家做客，待了很长时间后，突然坐在壁炉前，然后就不愿（还是不能呢，读者？）站起来了，加了些东西在壁炉里以保持室内温暖。我知道，读者，这些事儿有时候并不会同时出现在一个故事里，可是它们确实发生过，想一下在文字游戏中你我这样的人有什么作用。如果你认为本书的这一部分并达不到原本想象的那种完美的程度，那就请记住，读者，全世界每时每刻都在发生这种事儿，每时每刻。读者啊，我非常尊重菲茨杰拉德先生，一旦有人敢抨击他，我会第一个跳出来捍卫他，这还用得着我说吗？而且你也包括在内，读者，尽管我很不愿意这么直白地说出口来，并且冒着风险，我怕这会破坏了我们之间应该建立起来的那种美好的友谊。

又及——致读者

我把这一章通读了一遍，读者，觉得并不是很差。
我想你会喜欢的。我希望你喜欢。如果你真的喜欢，
读者，并且也同样喜欢本书的其他章节，你会愿意跟
你的朋友们谈起本书，并且竭力劝服他们也去买一本
吗？每卖掉一本，我只能拿到两毛钱，尽管现在两毛
钱不是什么大数目，但如果能卖掉二三十万册的话，
累积起来就会是笔巨款。如果每个人都像你我这般喜
欢这本书，读者，那也会是一笔巨款的。听好，读者。
我说过我愿意看看你写的任何作品，我是说真的。那
不只是说说而已。把它带来，我们来一起认真地看一
遍。如果你愿意，我可以帮你修改一下某些小段落。
我可没有说以求全责备的眼光来改写。如果本书中你
有什么不喜欢的地方，只需要给斯克里布纳三儿子出
版公司[1]总部写封信就可以了，他们会给你作修改的。
或者，如果你更希望我本人来修改，我会做的。你知
道我对你的态度，读者。而且你对我关于司各特·菲

---

[1] 查尔斯·斯克里布纳（1821—1871）于1846年创办出版公司，去世
后交给三个儿子。次子小查尔斯（1854—1930）担任总经理的时间最长
（1879—1928）。海明威的作品均是该公司出版。公司总部在纽约。

茨杰拉德说的话也没有觉得恼怒或者忐忑，是吗？我希望没有。我现在要开始写下一章了。菲茨杰拉德先生走了，多斯·帕索斯先生也去了英国，而我可以保证这会是非常优秀的一章。至少会是尽我所能写得最好的。如果我们看到这本书封皮上的广告语，我们就能知道有多好，对吗，读者？

第十四章

　　小饭馆里，他们都在这小饭馆里。有些人并没有注意其他人，每个人都只注意自己。红种男人注意着红种男人，白种男人注意着白种男人或白种女人，那里没有红种女人。莫非再也没有印第安女人了吗？印第安女人怎么了？印第安女人已经在我们美国消失了吗？无声地，一个印第安妇女打开店门走进屋来。她只穿了一双旧的鹿皮软帮鞋，背上背着个婴儿，一条健壮的狗跟在她后面。

　　"不要看！"那旅行推销员对吧台前的妇女们大喊一声。

　　"来！赶她出去！"小饭馆老板尖叫道。那印第安妇女被黑人厨子驱赶了出去。大家听到她走在外面雪地上的声音，她那条健壮的狗在汪汪叫着。

"上帝！这会惹出什么坏事来啊！"斯克里普斯·奥尼尔用一条餐巾擦着自己的额头。

那些印第安人冷漠地看着，瑜伽·约翰逊刚才目瞪口呆，女服务员们拿餐巾或其他什么近在手边的东西把脸遮住。斯克里普斯太太拿《美国信使》蒙住了双眼。斯克里普斯·奥尼尔头晕目眩，身子战栗。那个印第安妇女进来时，有些什么感想，有些朦胧的原始感情在他心里生根发芽。

"这印第安女人是从哪儿来的？"旅行推销员问。

"她是我的女人。"小个子印第安人说。

"上帝啊，伙计！你为什么不给她穿上衣服呢？"斯克里普斯·奥尼尔大声疾呼。他的话里还有震惊的意味。

"她不喜欢穿衣服，"小个子印第安人解释说，"她是林地印第安人。"

瑜伽·约翰逊没有在听，他心里有什么东西破碎了。那印第安妇女进来时，有什么东西啪的一声碎裂了。他有了一种全新的感受，一种他原本以为自己已经失去的感受。失去了。永远消失了。他现在才知道这是种错觉，他没有病。只是出于偶然，他知道了。如果没有这个印第安妇女来到这家小饭馆，他会有什么想法没有呢？他刚才在思索的是多么隐晦的想法

啊！他正处在自尽的边缘。自我毁灭。自尽。就在这
小饭馆里。这是多大的罪过啊。他现在清醒了，他差
一点把生活搞得一团糟，毁掉了自己。现在春天快来
吧。来吧。来得多快都不为过。春天快来吧。他做好
准备了。

"听着，"他对那两个印第安人说，"我想给你
们讲我在巴黎的某桩艳遇。"

两个印第安人把身子靠向前去。"白人酋长说吧。"
高个儿印第安人说。

"刚开始我还以为这是我在巴黎经历的一桩非常
美妙的艳遇呢，"瑜伽开口讲道，"你们对巴黎熟悉吗？
好，算了，结果却成了我这辈子碰到的最糟糕的事，
没有之一。"

两个印第安人咕哝了一声，他们对他们见过的巴
黎很熟悉。

"那是我第一天放假，我正走在马尔塞布林荫大
道上。有辆汽车经过我身边，一个美女从车窗里伸出
头叫我，我走了过去。她把我带到一栋房子里，那更
像是座大厦，那里位于巴黎的郊区，我在那儿有一段
非常美妙的经历。后来我被人从另一扇门送了出去。
那美女曾跟我说她将一辈子、她将永远不会再见到我。
我想记下那座大厦的门牌号码，可是那个街区有许多

大厦，都像由一个模子刻出来的，那只是其中的一座。"

"在假期结束之前我一直都盼着再见见这位美女。有一次我以为在戏院里看到了她，结果不是她。还有一次我在一辆出租车一闪而过时以为看见了他，就上了另一辆出租车去追，但却追丢了，我不再抱有希望。最后，在假期结束的前一晚，我感到失望并且无趣死了，就跟一个宣称能带我玩遍巴黎的导游一起出去，我们去参观了许许多多的地方。'你带我看的地方就是这些吗？'我问那导游。'还有一个名不虚传的地方，不过需要花很多钱。'导游说。我们最后谈好了价钱，那导游就把我带去了。那是一座很陈旧的大厦。墙上有一道窄缝能看见里面，墙边有很多人透过窄缝在往里望。在那里，透过窄缝可以看见身穿各种协约国军服的男人，还有很多南美洲的帅哥，他们是身着晚礼服的。我也透过一道窄缝往里望着。一开始没什么特别的。直到一位美女和一位年轻的英国军官走了进去。她把裘皮长大衣和帽子脱下来扔在椅子上，那军官解下他的山姆·布朗武装带[1]我一眼便认出了她，就是

---

[1]一种附有一条斜挂在右肩上的细带的皮腰带，由英国将军塞缪尔·布朗爵士（1824—1901）首创，故名。

我一直在找的那位女士[1]。"瑜伽·约翰逊望着他那只已经没有豆子的空盘子。"从此以后，"他说，"我对女人就没有了兴趣。我受了很严重的伤，我说不上来。但我感受到了，兄弟，我受伤了。因此我怨恨大战。我怨恨法国。我怨恨普遍的道德伦理的丧失。我怨恨那年轻的一代。我怪这个，我怪那个。现在我没事了。这五美元给你们，兄弟，"他双眼闪现出亮光，"再吃点东西，去其他地方游玩一番。我这辈子从没这么高兴过。"

他从坐着的圆凳上站了起来，激动地跟一个印第安人握了握手，另一只手搭在另一个印第安人的肩膀上，过了一会儿，他打开小饭馆的门，大步走进了夜色中。

两个印第安人相互看着对方。"白人酋长是个大好人。"大个子印第安人说。

"你觉得他上过战场吗？"小个子印第安人问。

"我不清楚。"大个子印第安人说。

"白人酋长说过要帮我安一条新假肢呢。"小个子印第安人抱怨说。

---

[1]这种让人出了钱透过墙上狭缝或小孔观看的真人表演在巴黎很盛行，他这才明白上当了。

"说不定你已经得到更多的了。"大个子印第安人说。

"我不清楚。"小个子印第安人说。他们接着吃东西。

在小饭馆柜台的另一边,一段婚姻就要结束了。

斯克里普斯·奥尼尔和他的妻子并肩坐着。斯克里普斯太太此时知道了,她会失去他。她努力过,但失败了。她没办法了。她知道这是场注定失败的比赛,如今她要失去他了。蔓蒂又在说话了。说着。说着。一直说着。那些没完没了、滔滔不绝的文坛纠纷,让她——黛安娜的婚姻失败了。她会失去他。他要离她而去了。离她而去了。从她身边离开。黛安娜烦闷地在那儿坐着。斯克里普斯在听蔓蒂讲话。蔓蒂讲着。讲着。讲着。那旅行推销员,现在是老朋友了,他正坐着看底特律《新闻报》。她会失去他。她会失去他。她会失去他。

小个子印第安人从他坐着的小饭馆圆凳上站了起来,来到窗前。窗玻璃上凝成了厚厚的一层霜花。小个子印第安人往结霜的窗户玻璃上呼了口热气,用他的麦基诺厚呢上衣的那只空袖管把那一层霜拂去,看着外面的夜色。他忽然在窗前转过身来,冲了出去,走进夜色中。高个儿印第安人见他走了,不急不缓地

吃完饭，拿起一支牙签，剔着牙，追着他的朋友也走
进了夜色中。

第十五章

这时小饭馆里只剩他们这几个人了。斯克里普斯、
蔓蒂、黛安娜，还有那旅行推销员陪着他们。现在他
已是个老朋友了，不过今晚他心神不定。他突然叠好
报纸，抬腿走向门口。

"大家晚安。"他说。他走到了外面的夜色中，
看来只能这样了，他做了。

这时小饭馆里只有他们三个人了。斯克里普斯、
蔓蒂、黛安娜，只有他们了。蔓蒂在讲话，靠着柜台
讲话。斯克里普斯双眼凝视着蔓蒂，黛安娜没有假装
去听了。她已经知道结局了，现在一切都该结束了。
但她还想再试试，鼓起勇气再试一次，或许她还有机
会，或许这一切只是她的一场梦。她清了清喉咙，然
后开口说话。

"斯克里普斯，亲爱的。"她说。她的声音有点
儿发抖，她稳住嗓门。

"你想说什么？"斯克里普斯僵硬地问。啊，说
出来了。又是这种恐怖的惜字如金的话。

"斯克里普斯，亲爱的，难道你不想回家吗？"黛安娜舌头打结，"有一份新的《信使》。"她完全是为了讨好斯克里普斯。

"他们懂室内装饰吗，这些英国人？"斯克里普斯说。

"你妻子是英国人，对吗？"蔓蒂问。

"是湖泊地区的。"斯克里普斯答道，"继续讲这件轶事吧。"

"好，随便怎么说吧。"蔓蒂讲了下去，"有天晚上一起用完晚餐后，福特坐在书房里，男管家走了进来，说：'布盖侯爵向您致意，他能不能带那群刚才和他一起用餐的朋友来书房参观？'他们经常同他外出吃饭，有时候还允许他住在城堡里。福特说：'好啊。'于是身着列兵制服的侯爵走了进来，埃德蒙·戈斯爵士和牛津大学的某某教授紧随其后，我一时想不起他的名字了。戈斯停在那玻璃框里的火烈鸟前，说：'这是什么啊，布盖？''是只火烈鸟，爱德蒙爵士。'侯爵答道。'跟我心目中的样子可不同啊？'戈斯说道。'对，戈斯。这是上帝心目中的火烈鸟。'那某某教授说。希望我还能记起他的姓名。"

"不用操心。"斯克里普斯说。他双目发光。他向前弯腰。有什么东西在他的身体里蠢蠢欲动了，是他控制不住的什么东西。"我爱你，蔓蒂，"他说，"我爱你。你是我的女人。"那东西在他身子里不停地动着，停不下来。

"没问题，"蔓蒂应道，"我早就察觉到你是我的男人了。你还想再听一则轶事吗？讲女人的。"

"继续说吧，"斯克里普斯说，"不要停下来，蔓蒂，你现在是我的女人了。"

"当然，"蔓蒂表示同意，"这是当年克努特·汉姆生[1]在芝加哥当有轨电车售票员时的故事。"

"请继续，"斯克里普斯说，"现在你是我的女人了，蔓蒂。"

他默默地、不停地重复这句话。我的女人，我的女人。你是我的女人。她是我的女人。那是我的女人。我的女人。但是，不知道为什么，他没有感到满足。在某个地方，以某样方式，一定还有什么别的东西。别的东西。我的女人。这词儿现在听起来有点儿空洞。那个印第安妇女静静地走进屋里的那一幕骇人听闻的场景又涌上了他的心头，尽管他拼命想排除掉。那个

---

[1] 克努特·汉姆生（1859—1952）为挪威小说家、剧作家，其长篇小说《饥饿》（1890）、《大地的成长》（1917）等获得了1920年诺贝尔文学奖。他早年曾经历过流浪生活，于1886—1888年期间曾在芝加哥当过电车售票员。

印第安妇女，她没穿衣服，因为她不喜欢穿衣服。能任劳任怨，顽强地面对严寒。还有什么是春天带不来的呢？蔓蒂在说话。蔓蒂在小饭馆里说着。蔓蒂在讲她知道的一则则趣事。小饭馆里，时间一点点流逝。蔓蒂不停地说着。现在她是他的女人了，他是她的男人。可他真是她的男人吗？那个印第安妇女的形象浮现在斯克里普斯的脑海里。那个一点预示都没有就大步走进小饭馆的印第安妇女。那个被赶出去扔在雪地上的印第安妇女。蔓蒂还在讲着文坛轶事，都是有凭有据的事，它们听上去是那么的真实。可是光有这些就可以了吗？斯克里普斯说不上来。她是他的女人。可是能维持多久呢？斯克里普斯不知道。蔓蒂在小饭馆里说话。斯克里普斯听着。可是他走神了。走神了。走神了。走去哪儿了？走进外面的夜色中了。走进外面的夜色中了。

第十六章

　　佩托斯基的晚上。午夜早已过去，小饭馆里亮着一盏灯。这北方的小城在月光下安适地睡着。向北望去，G.R.&I.铁路的铁轨一直延伸向遥远的北方。冰冷的铁轨，往北通向麦基诺城和圣依格纳斯。冰冷的铁轨，晚上的这个时候可以在上面行走。

在这冰封的北方小城的北面，有一对男女在铁轨上并肩而行。那是瑜伽·约翰逊和那个印第安妇女。他们走着，瑜伽·约翰逊边走边脱衣服。他一件件地脱下来，把它们扔在铁轨边。直到只剩下一双制泵工人穿的旧鞋。瑜伽·约翰逊，赤裸裸地在月光下，和那印第安妇女一起向北方走去。印第安妇女大步走在他身旁，背上用树皮摇篮背着婴儿。瑜伽想要从她背上取下婴儿自己来背。那条壮实的狗在哀鸣，舔着瑜伽·约翰逊的脚踝。不，这印第安妇女拒绝让他背那个婴儿。他们大步向北方走去，走进北方的夜色。

两个人影尾随在他们后面，在月光下轮廓清晰，是那两个林地印第安人。他们弯下腰，捡起瑜伽·约翰逊扔掉的衣服后。他们偶尔向对方嘀咕一声，安静地走在月色中。他们目光敏锐，没有漏掉一件衣服。等捡起最后一件衣服后，他们便看向前方，看到前方月光下有两个人影。两个印第安人站直了身子，他们打量着那些衣服。

"白人酋长穿得很前卫。"高个儿印第安人说，举起一件绣着姓名首字母的衬衫。

"白人酋长会感到很冷。"小个子印第安人说。他递给那高个儿印第安人一件背心。高个儿印第安人把所有被丢下的衣服团成一团，两人就转身沿着轨道往城区走去。

"把这些衣服替白人酋长保管着，还是卖给救世军？"矮个儿印第安人问。

"卖给救世军好了，"高个儿印第安人咕哝道，"白人酋长也许不会回来了。"

"白人酋长肯定会回来的。"小个子印第安人咕哝道。

"反正卖给救世军好了，"高个儿印第安人咕哝道，"春天一到，白人酋长会添置新衣服的。"

他们沿着铁轨走向城区，空气似乎变得暖和了。此时两个印第安人走路都不平稳了。透过铁路边的落叶松和柏树，一股暖风袭来。铁路旁的积雪慢慢融化。这两个印第安人的体内有什么东西在蠢蠢欲动，某种冲动，某种奇怪的异教徒的焦躁情绪。暖风轻轻掠过，高个儿印第安人停了下来，用口水沾湿一根手指，竖在空中。小个子印第安人在旁边看着。"奇努克风？"他问。

"正宗的奇努克风。"高个儿印第安人说。他们赶忙走向城区，此时月亮躲进了被奇努克暖风刮来的云层里，变得模糊不清了。

"我想赶在进城高峰前进去啊。"高个儿印第安人咕哝着。

"红哥们儿要抢着排在前面啊。"小个子印第安人一个劲咕哝。

"这会儿厂里已经没人干活了。"高个儿印第安人咕哝道。

"还是快点赶路吧。"

暖风轻轻掠过，这两个印第安人体内有些奇特的念头蠢蠢欲动，他们知道自己想要什么。春天的步伐终于踏进了这个冰封的北方小城。两个印第安人沿着铁轨匆忙赶往前方。

作者致读者的最后一注：

嗨，读者，你觉得这本书怎样？我花费了10天时间完成这本书。这些时间还值得吗？我只想弄清楚一个地方。你还记得，在这故事的前面，那有点上年纪的女服务员，黛安娜，讲过她在巴黎怎么和母亲走失的事，醒过来时发现一位法国将军睡在隔壁房间的床上。我想你可能会对发生了什么事而感兴趣。事情的真相是她母亲在夜间患了腹股沟淋巴结鼠疫，病情十分严重，医生作了诊断后，汇报给了有关当局。当时大博览会马上就要开幕，设想一下，一宗腹股沟淋巴结鼠疫病例会对博览会的宣传工作造成多大影响啊。于是法国当局干脆就让这妇女消失了。她在黎明前死去。那位被请来的将军马上睡在了那位母亲睡过的房间里。我们一直觉得他是个很有责任感的人。不过，我知道，他是博览会的一个大股东。不管怎样，读者，我一直觉得这段秘史是个很不错的故事，而且我知道你会更乐意让我在这里解释，而不是在这本小说里看到，说真的，那到底还是不合适的。不过一想到法国警方是怎么封锁消息，然后马上就找到那发型师和出租车司机，还挺有趣的。当然啦，这说明了如果你独自出国旅游，就算是和你母亲一起去，都必须要小心谨慎。我希望在这儿提一下这件事不会产生什么问题，不过读者啊，我实在是觉得自己有义务说明一下。我不赞成那种长篇累牍的告别词，就像订了婚又迟迟不结婚一样，所以只想说一句再见，并祝你顺利，读者，就继续随俗浮沉吧。

第五纵队

主要人物

费利普·洛林茨：西班牙内战期间，西班牙共和政府保卫局的肃反工作人员，名义上是美国某报社驻西班牙马德里的战地记者。

特洛西·布勒齐思：毕业于美国贵族女校的新闻记者，抱着游戏人生的态度，跑到西班牙做战地新闻采访。

迈克斯：国际反法西斯战士，曾经在德国法西斯的政权下受到过酷刑。现在是西班牙共和政府军的间谍，在弗朗哥叛军的前线和后方活动。

安东尼：西班牙共和政府保卫局总部的领导人，迈克斯和费利普的上级。

阿妮塔：摩尔人，妓女，是个西班牙共和政府的拥护者。

经理：马德里佛罗里达旅馆的经理。

时　　间

1937年，西班牙内战期间。

地　　点

西班牙首都马德里。

第一幕

第一场

在马德里佛罗里达旅馆的一楼走廊，当时是晚上7:30。109室的门上贴着一张纸，上面写着"工作中，请勿打扰"。这时，两个年轻貌美的女人和两个穿着国际纵队制服的士兵穿过走廊，其中一个女人停下来看那张纸。

第一个士兵　快走，我们的时间很紧张。

女人　这张纸上写的什么？

士兵　[另外一对男女已经走到走廊的尽头]上面写的什么跟我们有什么关系？

女人　别这样，你读给我听一下。对我好一点儿，用英语读给我听。

士兵　原来我碰到这么一位喜欢咬文嚼字的女

人。我不想读给你听，去死吧。

女人 你性格真差。

士兵 没人要求我性格得好啊。[他晃晃悠悠地走了几步，看着她说]我看起来很好吗？你知道我是刚从哪里回来的吗？

女人 我并不关心你是刚从哪回来的。你们全部都是从一些可怕的地方来的，也全部都会回去。而我只是希望你能帮我读读那纸上写的是什么。如果你不想，咱们就走吧。

士兵 我给你读，"工作中，请勿打扰"。

[那个女人毫无感情地大声干笑了几声]

女人 我也要给自己弄这么一张纸。

—落幕—

第二场

第二场即将开幕，场景是：109号房间里面。房间里有一张床，床旁边有床头柜和两张铺着棉质印花垫子的椅子，一个带镜子的大立柜，还有一张桌子，桌子上放着一台打字机。打字机旁边有一台便携式维克多牌留声机，一只暖烘烘的电火炉，一个金发美女坐在其中一张椅子上，背对着台灯读书，台灯边上还有一张照片。在她身后有两扇已经拉上了窗帘的大大的窗户，墙上有马德里的地图，一个看起来大约35岁的男人正在研究这幅地图。他上身穿着一件皮夹克，搭配一条灯芯绒裤，蹬着一双满是泥污的靴子。这位叫做特洛西·布勒齐思的年轻女士的眼神并没有从她的书上移开。

特洛西　[用非常有修养的声音]亲爱的，有件事你真的需要做，就是进来之前将你的靴子清理干净。[这个男人名叫罗伯特·布莱斯顿。还在继续看着地图]还有，亲爱的，别把你的手指头放在上面，你会弄脏它的。[布莱斯顿继续看着地图]亲爱的，你见到费利普了吗？

布莱斯顿　哪个费利普？

特洛西　我们的费利普。

布莱斯顿　[仍然看着地图]我从格兰维亚街过来的时候，我们的费利普正坐在奇科特酒吧里和那个咬过罗杰斯的摩尔女人[1]在一起。

特洛西　他在干什么坏事吗？

布莱斯顿　[仍然看着地图]目前还没有。

---

[1]摩尔人，是阿拉伯人和柏柏尔人的混血人种，曾一度统治西班牙。

特洛西　他会去干的，他精力非常充沛，而且那么有活力。

布莱斯顿　奇科特酒吧的酒越来越糟糕了。

特洛西　亲爱的，这个笑话非常无聊。我希望费利普可以过来。我很无聊，亲爱的。

布莱斯顿　别变成一个烦人的瓦萨[1]婊子。

特洛西　请不要骂人，至少目前我还不是。另外，我也不是个典型的瓦萨人，在那里他们教的我所有东西，我都不明白。

布莱斯顿　那你明白这里正在发生的事情吗？

特洛西　不明白，亲爱的。我只知道一些关于大学城的事情，但也不多。"田园之家"对于我来说就完全是个谜了，还有由塞拉和卡拉万切尔[2]，这些地方太恐怖了。

布莱斯顿　上帝，有时候我真不知道自己为什么爱你。

特洛西　我也不明白我为什么爱你，亲爱的。我认为我考虑得太不周全了，这仅仅是我养成的一种坏习惯而已。费利普可就幽默多了，也活泼多了。

---

[1] 瓦萨学院是位于美国纽约州的著名女子学院。

[2] "大学城""田园之家""由塞拉"和"卡拉万切尔"都是隶属于西班牙首都马德里的地名。

布莱斯顿　他幽默，好吧。你知道昨晚奇科特酒吧关门前，他做了些什么吗？他拿了一个痰盂，然后拿着这个痰盂到处给人赐福。你知道如果他把那里面的水洒到别人身上，他很可能会被人一枪给杀了。

特洛西　但是他一直没有那样啊。我还是希望他会来。

布莱斯顿　他会来的，只要奇科特酒吧一关门，他就会来了。

［敲门声］

特洛西　是费利普。亲爱的，是费利普。［门开了，旅馆经理走进来。他是一个又矮又胖，皮肤黑黢黢的男人，说一口腔调很怪的英语，喜欢集邮］哦，是经理。

经理　您觉得还舒适吧，布莱斯顿先生？女士，现在您觉得怎么样？我过来是想问问有没有不合你们胃口的东西。一切都很好，每个人都能感到特别舒服吗？

特洛西　一切都很好，现在电火炉也装好了。

经理　自从有了电火炉，麻烦就不断出现。电气是一门至今都没有被我们的工人掌握的科学，而且那个工人把自己喝得更笨了。

布莱斯顿　看来那个工人并不是十分的聪明。

经理　他很聪明，但是他总是酗酒。而且在喝酒之后精神很快就不能集中到工作上了。

布莱斯顿　那你还留着他干什么？

经理　他是委员会的电工。坦白地讲，这像是一场灾难。现在，他正在113室跟费利普先生喝酒呢。

特洛西　[欢快的样子]这么说，费利普回家了。

布莱斯顿　不仅仅是回家。

特洛西　你想表达什么？

经理　这在女士面前难以启齿。

特洛西　给他打电话，亲爱的。

布莱斯顿　我不打。

特洛西　那我打。[她从墙上拿起电话]喂，你好，费利普？不，请你现在过来一下。是的，现在。[她把电话挂上]他会过来。

经理　我真希望他先别过来。

特洛西　费利普是个不可思议的人。虽然他确实在跟那些可怕的人来往，但是我不明白他为什么这么做？

经理　我另外找个时间过来吧。也许你收到了很多不合胃口的东西，但这在那些挨饿的缺少食物的家庭会受到欢迎的。再次谢谢你，再见。[他走出去，正好赶上费利普过来，差点在走廊里撞在他身上。听到他在门外说]下午好，费利普先生。

费利普　[一个深沉的嗓音愉快地说道]敬礼，集邮家的先生。最近有没有弄到什么值钱的新邮票？

经理　[用非常平静的声音]没有，费利普先生。最近来的都是一些贫穷国家的人，都是些美国的五分票和法国的三法郎五十分票。我需要些在新西兰的同志写来的航空信。

费利普　哦，它们快来了。只不过现在我们是在一个萧条的时代。炮火扰乱了这个旅游季节的活动。等战事没那么紧张了就会有许多旅行团来的。[用低沉的不是开玩笑的声音说]你在想什么呢？

经理　总是有点不安心。

费利普　别担心，一切已成定局了。

经理　我仍然还有点担心。

费利普　放松点。

经理　你要小心，费利普先生。

[费利普先生进门。他身材高大，精神饱满，穿着橡胶材质的高筒靴]

费利普　敬礼，不讲理的布莱斯顿同志。敬礼，无聊的布勒齐思同志。你们两位同志好吗？让我来给你们介绍一位电工同志。请进，马可尼同志，别在外面站着了。[一个烂醉如泥的瘦小的电工，他穿着一条脏兮兮的蓝色工装裤，一双帆布鞋，戴着一顶蓝色的

贝雷帽，走进门来]

电工 敬礼，同志们。

特洛西 呃，是。敬礼。

费利普 还有一位摩尔同志，应该说是唯一的一位摩尔同志，几乎是个独一无二的摩尔同志。她非常的害羞。请进，阿妮塔。

[进来一位来自秋塔的轻佻的摩尔妓女，她肤色黝黑，有着健美的体格，头发卷曲，看起来非常野性，一点也不显得害羞]

摩尔妓女 [防御地]敬礼，同志们。

费利普 这位就是那次咬了弗农·罗杰斯的同志。她让弗农·罗杰斯在床上躺了三个礼拜。咬的可真狠哪。

特洛西 费利普，亲爱的。你不如给这位同志戴上口罩，正好她现在在这里，你认为呢？

摩尔妓女 侮辱我[1]。

费利普 这位摩尔同志是在直布罗陀[2]学的英文。直布罗陀是一个可爱的地方。在那里我有过一次最不寻常的经历。

---

[1] 她说的英文文法不规范。

[2] 欧洲伊比利亚半岛南端的城市。

布莱斯顿　我们别听他说这些。

费利普　你是如此令人失望，布莱斯顿。你这样是不符合党的方针政策的。你一直耷拉着的脸已经过时了，你知道我们实际上正处在一个令人兴奋的时代。

布莱斯顿　我不想跟你说你一点都不懂的事情。

费利普　好了，我看用不着事事都令人不顺心。给这位同志上点点心怎么样？

摩尔妓女　[冲着特洛西]你找了个好地方。

特洛西　你喜欢这里就好。

摩尔妓女　你是怎么留在这里的，没有被撤离吗？

特洛西　我就这么待了下来。

摩尔妓女　你吃得还好吗？

特洛西　不总是很好，但是我们从大使馆的邮包里带来了些巴黎的罐头食品。

摩尔妓女　你，什么？大使馆的邮包？

特洛西　罐头食品，你知道的，一些炖兔肉，鹅肝酱。有些是我们从局里弄来的，实在是非常美味的焖鸡胸。

摩尔妓女　你是在说笑吗？

特洛西　哦，不，当然不是。我的意思是我们吃的就是那些东西。

摩尔妓女 我喝汤水。[她带着敌意地盯着特洛西]怎么了，你不喜欢我的样子，你认为你比我好看？

特洛西 当然不是。我很可能非常难看。布莱斯顿会对你说我难看得无与伦比。但是我们没有必要相互比较，是不是？我的意思是，在战争时代，你知道我们都是为了一个目标而努力的。

摩尔妓女 如果你敢那么想，我会把你的眼珠子挖出来的。

特洛西 [恳求地，但是非常没精打采地]费利普，请你跟你的朋友聊聊，让她开心点。

费利普 阿妮塔，听我说。

摩尔妓女 好的。

费利普 这位特洛西是位非常讨喜的女士……

摩尔妓女 这行当可没有讨喜的女人。

电工 [站起身来]Camaradas me voy.（西班牙语）

特洛西 他在说什么？

布莱斯顿 他说他要走了。

费利普 别听他的，他总是这么说。[冲着电工]同志，你必须留下来。

电工 Camaradas entonces me queto.（西班牙语）

特洛西 什么？

布莱斯顿　他说那他就留下不走了。

费利普　这样才对嘛，老家伙。马可尼，你不会匆匆离开我们的，是不是？不会的，我相信电工同志是可以坚持到底的。

布莱斯顿　我以为只有补鞋匠才能坚持到底呢。

特洛西　亲爱的，如果你再开这样的玩笑，我会离开你的，我保证。

摩尔妓女　听着，我们所有的时间都在说话，没时间干其他事情了。我们待在这里干什么呢？[冲着费利普]你跟我一起，是不是？

费利普　你把事情做得太绝了，阿妮塔。

摩尔妓女　回答我。

费利普　呃，那么，阿妮塔，我只能说否[1]。

摩尔妓女　你想表达什么？是拍照吗？

费利普　你觉得有什么关联吗？照相机，拍照，底片？有意思，是不是？你真是太单纯了。

摩尔妓女　你说拍照片是什么意思？你觉得我是间谍吗？

费利普　不是，阿妮塔，请你公平点。我的意思只是我不能跟你在一起了，不仅是现在。我的意思是

---

[1] 原文是negative，为否定意，另外还指底片。

我们多多少少需要从现在开始分手了。

摩尔妓女 不？你不跟我在一起了？

费利普 不，我的美女。

摩尔妓女 你想要跟她在一起。[冲着特洛西点点头]

费利普 不一定。

特洛西 这可得好好地讨论讨论。

摩尔妓女 好，我得把她的眼珠子挖出来。[她走向特洛西]

电工 Camaradas tengo que trabajar.（西班牙语）

特洛西 他在说什么？

布莱斯顿 他说他必须要回去工作了。

费利普 哦，别搭理他。他有很多不同寻常的主意。那是他的手段。

布莱斯顿 他说他不识字也不会写字。

费利普 同志，我说。我的意思是，说真的，你知道的，如果我们都没有上过学，也会陷入相同的处境，千万别多心，老朋友。

摩尔妓女 [对着特洛西]好，我认为，是的，就这样吧。谢谢，再见。加油，加油。是的，好吧，只有一件事。

特洛西　是什么事，阿妮塔。

摩尔妓女　你去把那张纸撕下来。

特洛西　哪张纸？

摩尔妓女　贴在门上的那张。一直是工作时间，这样不合理。

特洛西　我从上大学开始就会在门上贴这么一张纸，但这根本不代表什么。

摩尔妓女　你去把它拿下来！

费利普　她当然会拿下来的。你会的吧，特洛西？

特洛西　当然，我会把它拿下来的。

布莱斯顿　你从来不工作。

特洛西　是，亲爱的。但是我希望能工作。我将尽快为《四海为家》杂志写一篇文章，等到我能明白更多东西时候。

　　[窗外，街道上传来一声巨响。接着传来一阵非常急促的鸣镝声，之后又是一声巨响。你能听见砖块钢筋和玻璃劈里啪啦坠落的声音。]

费利普　他们又开始打仗了。[他说得非常平和冷静]

布莱斯顿　这帮狗娘养的。[他说得非常暴躁和焦虑]

费利普　你最好把窗户都打开，布勒齐思，我的姑娘。现在窗户玻璃非常紧俏，而且冬天马上就要来了，你知道的。

摩尔妓女 你把那张纸拿下来了？[特洛西走到门口，把纸拿下来。拿一把指甲锉子把图钉起下来，把纸递给阿妮塔。]

特洛西 你留着吧，图钉也都给你了。[特洛西走到电灯边上，把灯关上。然后把两扇窗户打开。这时候传来一声巨大的像弹奏班卓琴发出的急促声响，像一列疾驰而来的火车或者地铁向你冲过来。接下来，发生了第三次巨大的爆炸，碎玻璃像雨点一样纷纷落下来]

摩尔妓女 你是个好同志。

特洛西 不，我不是，但我希望我是。

摩尔妓女 对我来说你是。

[她们肩并肩地站在走廊里，灯光从开着的门里射进来照着她们]

费利普 幸好把窗户打开了，才没让玻璃被炮声震碎。你能听到炮弹离开炮口的声音。注意听下一次。

布莱斯顿 我讨厌这个炮声不断的糟糕晚上。

特洛西 距上一次炮击过去多长时间了？

费利普 刚过去一个小时。

摩尔妓女 特洛西，你说我们进防空洞会不会好点呀？

[一阵班卓琴被拨动的巨响……静了一下，接着又是一阵更巨大急促的响声，这次感觉更近了些。随着彻底的爆炸，屋子里充满了浓烟和砖屑]

布莱斯顿　见鬼去吧，我要去地下室。

费利普　这间房子有着出色的角度，真的。我说正经的，我可以去街上指给你们看。

特洛西　我想我还是待在这里吧，无论你待在哪里都没什么差别。

电工　Camaradas，no hay luz！（西班牙语）[他大声用近乎先知的语调说出这句话，突然站起来，大大地张开他的胳膊]

费利普　他说这里没有一丝光亮，你知道这个老家伙开始变得非常耸人听闻了，像个电气希腊合唱队，或者说希腊电气合唱队。

布莱斯顿　我要离开这里。

特洛西　那么，亲爱的，你是不是应该带着电工和阿妮塔跟你一起走？

布莱斯顿　跟我一起来吧。

[他们走的时候又一颗炮弹飞了进来，这个炮弹还真是威力强大]

特洛西　[他们站着，听到爆炸后砖和玻璃喀啦喀啦落下的声音]费利普,咱们站的角度真的安全吗?

费利普 这里像其他任何地方一样安全。真的,"安全"不是个恰当的词,"安全"再也不是一个可以令人感兴趣的词了。

特洛西 我感觉跟你在一起很安全。

费利普 试着检查一下,这是个恐怖的表达。

特洛西 但是我没有办法。

费利普 再努力一下吧,这才是个好姑娘。[他走到留声机前,放上一张肖邦的C小调玛祖卡舞曲,第33号作品第4段。他们在电火炉产生的微弱光亮中听着音乐]

费利普 这曲子非常轻柔和传统,而且十分的美。

[接着传来从加拉维达斯山发出的沉重如班卓琴奏出的声音的枪炮声,窗外街上枪弹呼啸而过然后爆炸,使得窗外火光一片]

特洛西 哦,亲爱的,亲爱的,亲爱的。

费利普 [抱着她]你不能换一个称呼语吗?我经常听你这么称呼其他人。

[听到一辆救护车呼啸而过的声音,接下来的一片寂静里,留声机里还播放着这首祖玛卡舞曲……]

—落幕—

第三场

　　佛罗里达旅馆的109和110号房间。阳光从开着的窗户洒进来。两个屋子中间有一扇开着的门，门框上钉着一幅很大的战争宣传画，以至当门开着的时候这幅画正好挡住了门。不过门仍然能够被打开。现在门是开着的，宣传画像一副大大的纸门帘隔在两个房间中间，离地面大约有两英尺。109室，特洛西正躺在床上酣睡。110室，费利普·洛林茨正坐起来看着窗外。窗外传来卖报人的吆喝声：索尔报！利伯塔德报！A.B.C晚报！接着是一辆摩托车经过时发出的喇叭声，然后远处传来哒哒哒的机枪的开火声。

　　费利普　[伸手去拿电话]请把早上的报纸送过来。对，所有的。[他环顾了一下房间，接着眼光望向窗外。他看着那幅战争宣传画，清晨明媚的阳光照耀着这幅画，使它显得透明]不。[摇摇头]不喜欢这样，早晨起得太早了。[一阵敲门声]进来。[又一阵敲门声]进来！进来！

　　[门打开，是旅馆经理，两手抱着报纸]

　　经理　早上好，费利普先生。多谢您，再次跟你说早上好。昨天晚上很恐怖啊！

费利普 每天晚上都会发生恐怖的事情，令人害怕。[他笑了笑]让我看看报纸。

经理 别人告诉我了来自阿斯图里亚斯[1]的坏消息，那里几乎全完了。

费利普 [继续浏览报纸]可是报纸上没写。

经理 是的，但是我清楚你早就知道了。

费利普 安静点。我说，我是什么时候住进这个房间的？

经理 你不记得了吗，费利普先生？你不记得昨天晚上发生了什么吗？

费利普 是啊，我不记得了，你大致跟我说说，也许我可以想起来。

经理 [用非常吃惊的语气]你真的不记得了吗？

费利普 [兴高采烈地]一点也不记得了。傍晚小小的轰炸，奇科特酒吧。是的，带着阿妮塔出去玩了一会。但愿我没让她为难吧？

经理 [摇摇脑袋]不，不。不是和阿妮塔。费利普先生，您一点也想不起跟布莱斯顿相关的事情了吗？

费利普 对了，这垂头丧气的家伙做了什么？没

---

[1] 西班牙西北部一地名，1937年10月下旬被弗朗哥的叛军占领。

自杀吧，我希望是。

　　经理　你忘记你把他扔到街上去了吗？

　　费利普　从这里吗？［他在床上望向窗外］窗外有什么他留下的痕迹吗？

　　经理　不是，是昨天晚上很晚的时候，你从部里拿公报回来进门的时候。

　　费利普　他受伤了吗？

　　经理　缝针了，缝了几针。

　　费利普　你怎么不阻止我？你为什么允许这种事情发生在这个名声很好的旅馆？

　　经理　然后你就霸占他的房间。［哀伤地责备道］费利普先生！费利普先生！

　　费利普　［非常兴高采烈但是略带迟疑］可是今天真是令人愉快的一天，不是吗？

　　经理　哦，是啊，今天是个适合去郊外野餐的好天气。

　　费利普　那么布莱斯顿做了什么呢？你很清楚，他的身体可是非常棒的，现在却死气沉沉的。一定是好好挣扎了一番吧？

　　经理　他现在在另外一个房间。

　　费利普　哪一间呢？

　　经理　113号，你原来住的那间。

费利普 然后我住在这里了？

经理 是的，费利普先生。

费利普 那个令人讨厌的东西又是什么？［看着门中间那个泛着光的宣传画］

经理 那是一幅非常漂亮的爱国宣传画，非常有意义，从这里只能看到背面。

费利普 那么，它遮住的是什么？通向什么地方？

经理 通向女士的房间，费利普先生。你现在有一间像幸福的新婚夫妻一样的套房了。我过来是看看一切是否都好，你需要任何东西的话都可以打电话告诉我。恭喜您，费利普先生。再一次地恭喜您。

费利普 门可以从这一边闩上吗？

经理 当然可以，费利普先生。

费利普 那么闩上门出去，并让他们给我端些咖啡来。

经理 是的，先生，费利普先生。别辜负这样美好的一天啊。［接着匆忙说］拜托，费利普先生。也请记得马德里现在的食物供应情况。如果有任何机会得到多余的食物，无论是什么种类，无论是多少数量，总是有需要的家庭，那些家庭总是缺少任何东西。现在我家里总共有7口人，费利普先生，你怎么也不会相信的，我佩服我自己竟然阔气地供养着我的丈母娘。她什么都吃，没有不适合她的食物。还有一个17岁的儿子，他曾经是蛙泳冠军。你知道为什么叫蛙泳吗？身体像这样……[他比划了一个硕大无比的胸部和胳膊]他吃起饭来，费利普先生，你是根本不会相信的。他也是个吃饭的冠军，你应该看看的。这不过是7口人中的两个而已。

费利普　让我看看我能找到些什么？你得去我的房间拿。如果有任何的电话打进来，接到这个房间来。

经理　谢谢你，费利普先生。你有一副像这条街道一样开阔的心肠。现在外面有两位同志要见您。

费利普　叫他们进来。

[在他们说话的时候，特洛西·布勒齐思一直处于熟睡中。在费利普和经理第一次对话时，她一直没被吵醒，只是在床上轻轻扭动了一下。现在两个房间中的门被闩上并且锁好了，什么也听不见了]

[进来两个身穿国际纵队制服的同志]

同志甲　是的，他逃走了。

费利普　你说他逃走了，是什么意思？

同志甲　他走了，这就是全部的意思了。

费利普　[非常迅速地]怎么逃走的？

同志甲　你告诉我他怎么走的？

费利普　别跟我来这一套。[转向同志乙，用非常严肃的声音]到底是什么情况？

同志乙　他走了。

费利普　那么，你当时在哪里呢？

同志乙　在电梯和楼梯之间。

费利普　[冲着同志甲]你呢？

同志甲　整晚都在门外。

费利普　那么你什么时间离开的这个位置。

同志甲　我没离开过。

费利普　你最好再仔细想想。你知道你在拿什么冒险，是不是？

同志甲　我感到十分抱歉，但是事情的全部就是他现在已经走了。

费利普　哦，不，不是，我的小伙子。[他拿起电话，拨出了一串号码]97000。是的，请找安东尼。是的。他还没到那儿？不，请派人到佛罗里达旅馆113号房间带走两个人。对。拜托。是的。[他挂起电话]

同志甲　可我们就做过这些……

费利普　别着急，实际上你们真的需要编一个好点的故事。

同志甲　除了我刚才告诉你的，这里再也没有发生其他故事了。

费利普　慢慢来，别着急。坐下再好好想想。记住，你们明明就是在那个旅馆里看着他的。过不了你们这一关，他哪里也去不了。[他读着报纸，两个同志闷闷不乐地站在旁边，他甚至都不看他们一眼]请坐吧，让你们自己舒服点吧。

同志甲　同志，我们……

费利普　[还是不看他]别用这个词。

[两个同志彼此看了看对方]

同志甲　同志……

费利普　[放下手上的报纸，拿起另外一份]我已经告诉过你们了，别再用那个词。从你的嘴里说出来一点也不好听。

同志甲　政委同志，我们想说的是……

费利普　别废话了。

同志甲　政委同志，你必须听我说。

费利普　我等一会儿再听你说。不要担心，我的小伙子。我会听你说的。不过你刚刚进来的时候口气听起来非常的傲慢。

同志甲　政委同志，请听我说，我想告诉你。

费利普　你把我要的人放走了。你把我必须要的人放走了。你把一个将要去杀人的人放走了。

同志甲　政委同志，求求你了……

费利普　求求你，从一个军人嘴里说出这样的词来，听起来还真是滑稽。

同志甲　我不是一个职业军人。

费利普　从你穿上军装的那一刻起你就是一个军人了。

同志甲　我来这是为理想而战的。

费利普　那简直再好不过了。现在，让我来告诉你们一些事情。你说你是为理想而战的，然而你却因为一次打击就感到恐惧。你不喜欢枪炮声，可人们却被杀害了……你也不喜欢看到死人……于是你开始害怕死亡……你朝自己的手或者脚开了一枪，借此来逃避战争，因为你不能承受。那你就要因此而挨枪子了，你的理想无法救赎你，兄弟。

同志甲　但是我打仗是很出色的。我并没有自己打伤自己。

费利普　我并没说你曾经这么干过。我只是尝试给你们解释一些事情。但是我想，我没有给你们讲清楚。我在想，你知道，你放走的那个人会去做什么事情呢？我要怎么做才能在他杀人前抓住他，再次把他放进这个好地方呢？你看，我非常需要他，希望他仍然在这里。然而你却让他跑了。

同志甲　政委同志，如果你不相信我……

费利普　是的，我不相信你，而且我也不是一个政委。我是一个警察。我不相信任何我听到的，即便是我亲眼看到的也只相信那么一点点。你说什么，相信你？听着，你运气不好。我不得不查清楚你是不是故意放走他的，我真希望不是这样。[他给自己倒了一杯酒]如果你们足够聪明的话，你们也不会希望是这样的。即便你们不是故意这么做的，造成的后果也是完全一样的。关于任务，你不得不完成。关于命令，你必须要执行。如果有足够的时间的话，我愿意给你们解释纪律其实是仁慈的。但是我解释问题的能力并不是很好。

同志甲　求求你，政委同志……

费利普　你再多用一次这个词，就要激怒我了。

同志甲　政委同志。

费利普　闭嘴！我开始没礼貌了，看到没有？我不得不一直这么有礼貌，我已经厌倦它了，并且它们让我很烦。我不得不在我的老板面前跟你对话。不要再提政委同志了。我是个警察。你现在跟我说的话没有任何意义。你知道你看我也没有用。如果你们不是有目的有计划地那么做的，我也不会太担心。你看，我只是需要弄明白。我实话告诉你吧，如果你不是有目的地这么做的，我会帮你承担一部分责任。[响起敲

门声]请进。[门开了，出现两名突击队员，身穿蓝色制服，头戴平顶军帽，背着步枪]

队员甲　A sus órdenes mi comandante[1].

费利普　把这两个人带到保卫局，随后我会找他们谈话。

队员甲　A sus órdenes[2].

[第二个同志走向门口，他让罪犯举起胳膊，上上下下地搜身，看看是否携带了什么武器]

费利普　他们两个全部都携带了武器，缴械然后带走。[冲着两个同志]祝你们好运。[他讽刺地说]希望你们能完好地走出来。

[四个人都走出去了，只听到走廊里他们越走越远的声音。在另一间房里，特洛西·布勒齐思在床上动弹了一下醒来，打了个呵欠，然后伸了个懒腰，伸手去按床头的服务铃。接着听到铃声响了起来。费利普也听到了铃声。这时候有人敲他的房门]

费利普　进来。

[走进来的是经理，他非常烦躁]

经理　两个同志被逮捕了。

---

[1] 西班牙语，奉命前来，我的指挥官。
[2] 西班牙语，遵命。

　　费利普　是坏透了的同志，最起码有一个是，另外一个可能没有任何问题。

　　经理　这两天你身边发生了太多的事情。作为朋友，我想告诉你，尽量低调点，一下子发生太多事情向来不是什么好事。

　　费利普　不，我觉得不会。今天是美好的一天，对不对，对不对？

　　经理　我告诉你现在应该做什么？今天你应该去郊外远足和野餐。

　　[旁边房间的特洛西·布勒齐思已经起床穿上了衣服和拖鞋。她走进了浴室里，当她再次出来的时候正梳着头发，她的头发美极了。她走过来坐到床边，面前是电火炉，继续梳着头发。未施粉黛的她，看起来年轻漂亮。她又拉响服务铃。女仆走进来，她是个60岁左右的老女佣，穿着蓝色的衬衫，系着围裙]

　　女仆　可以进来吗？

　　特洛西　早上好，帕塔拉。

　　帕塔拉　您好，小姐。

　　[特洛西回到床上，并把餐盘放在床上]

　　特洛西　帕塔拉，有鸡蛋吗？

　　帕塔拉　没有，小姐。

　　特洛西　你妈妈的身体好点了吗？帕塔拉。

帕塔拉　没有，小姐。

特洛西　你去拿个杯子和我一起喝杯咖啡吧，快点。

帕塔拉　等你吃完了我再喝吧，小姐。昨天晚上轰炸的时候这里非常恐怖吧？

特洛西　哦，还算令人愉快。

帕塔拉　小姐，你怎么能这么说可怕的事情。

特洛西　是啊，但是帕塔拉，确实是很有意思。

帕塔拉　在普罗格莱索，我们那区，一层楼就死了6个人。今天早上他们被抬出去了，窗户上的玻璃全碎落在街上。这个冬天那里再也不会有玻璃窗户了。

特洛西　这里一个人都没有死。

帕塔拉　先生准备好吃早餐了吗？

特洛西　先生不再在这里了。

帕塔拉　他上前线了吗？

特洛西　哦，不是。他是从来不会上前线去的。他只是写写那些事情。这里有另外一位先生在。

帕塔拉　[伤感地]是谁啊？小姐。

特洛西　[开心地]费利普先生。

帕塔拉　哦，小姐。这真是太可怕了。[她哭着走出去]

特洛西　[冲着她的背影喊]帕塔拉，哦，帕塔拉。

帕塔拉　[顺从地]是，小姐。

特洛西　[喜悦地]去看看费利普先生起床了没有。

[帕塔拉走到费利普先生的门前，敲门]

费利普　进来。

帕塔拉　小姐让我过来看看您起床了没有。

费利普　没有。

帕塔拉　[在另外一扇门前]先生说他还没有起床。

特洛西　告诉他过来吃点早餐。帕塔拉，拜托了。

帕塔拉　[在另外一扇门前]小姐请您过去吃早餐，但是那里的早餐并没有太多。

费利普　告诉小姐我没有吃早餐的习惯。

帕塔拉　[在另外一扇门前]他说他没有吃早餐的习惯，但是我知道他吃起来时比三个人吃的都要多。

特洛西　帕塔拉，他也太难伺候了。跟他说别这么无聊了，请他过来吧。

帕塔拉　[在另外一扇门前]她说请您过去。

费利普　这是什么话？什么话？[他穿上衣服和拖鞋]这也太小了，一定是布莱斯顿的。这件睡袍倒是不错，最好可以跟他买过来。[他把报纸放在一起，打开门，走进另一间房子。一边推开门一边在门上敲了两下。]

特洛西　请进。哦，原来是你啊。

费利普　你不觉得这样真的有点不合规矩吗？

特洛西　费利普，亲爱的你真傻。你刚刚在哪里啊？

费利普　在一间非常陌生的屋子里。

特洛西　你是怎么到那里的？

费利普　不知道。

特洛西　你什么都不记得了吗？

费利普　我想起一些把什么人扔了出去的屁话。

特洛西　那是布莱斯顿。

费利普　真的吗？

特洛西　是的，千真万确。

费利普　我们必须得把他给找回来，这样对待他太粗鲁了。

特洛西　哦，不，费利普。不，他永远地离开了。

费利普　这真是一个恐怖的词，永远。

特洛西　[毅然决然地]永远。

费利普　更加糟糕的词，让我不寒而栗。

特洛西　不寒而栗是什么意思，亲爱的？

费利普　可以说是超级恐怖，你知道的。一会儿你看见了他们，一会儿又看不见了，他们随时都有可能从哪个角落里跳出来。

特洛西　你经历过这些吗？

费利普　哦，是的。我什么事情都经历过。我记得那一次，是一队海军陆战队员，突然闯进了我的屋子里。[费利普小心翼翼地坐在床上]

特洛西　费利普，你必须得答应我一些事情。你不能再没有任何人生目标而继续去喝酒了，也不做些实际的事情。你不是仅仅想做个马德里的花花公子吧？

费利普　马德里的花花公子？

特洛西　是啊，混在奇科特和迈阿密酒吧。还有大使馆、部里和弗农·罗杰斯的公寓还有那个讨人厌的阿妮塔。不过那个大使馆才是真正最坏的地方。费利普，你不是花花公子，对吧？

费利普　还有什么吗？

特洛西　就这些了。你可以去做些严肃正派的事情，你可以勇敢冷静地做些好事。你知道如果你继续和那些不正派的人从一家酒吧混到另一家酒吧会发生什么吗？你有可能被枪杀的。有天晚上一个男人在酒吧被人开枪打死了。真是太可怕了。

费利普　是我们认识的人吗？

特洛西　那是一个用喷枪喷射了所有人的可怜家伙，他并没有什么恶意。只是惹恼了一些人，然后就被开枪打死了。我看见了，真的很让人沮丧。他们突然就开枪了，之后那个可怜的家伙就仰面朝天地倒在地上了。他的脸是那样的苍白，可是就在那一会儿之前他还是手舞足蹈的。他们把那人留在那里有足足两个小时，警察闻了每一个人的手枪，之后他们就不再供应饮料了。他们也没有把他盖起来，我们不得不走到那个死人身边的桌子前去给那个警察出示我们的证件，这真是非常令人难受，费利普，而且他还穿着脏兮兮的袜子，鞋底也完全磨破了，他甚至连一件汗衫都没有穿。

费利普　可怜的家伙。你知道他们现在喝的东西完全就是能使人发疯的毒药。

特洛西　可是，费利普，你不一定要像他们那样啊，而且你也没必要到处乱转，弄得没准谁就会向你开枪。你可以好好做些政治方面或者军事方面的事情。

费利普　别引诱我，别把我弄得野心勃勃的。[他暂停了一下]别扯得太远了。

特洛西　那天晚上，你拿着痰盂闹着玩实在是太危险了。你试图在奇科特酒吧挑衅别人，这很容易挑起事端的，所有的人都这么说。

费利普　那么我挑衅谁来着？

特洛西　我不知道。挑衅谁不都一样吗？你不应该挑衅任何一个人。

费利普　是啊，我也是这么想的。就算不去挑衅他人，可怕的事情也可能很快就会来。

特洛西　别说得这么悲观。亲爱的，我们才刚刚开始一起生活。

费利普　我们……？

特洛西　我们一起生活。你难道不想去一个像圣特洛佩兹那样的地方过长长久久的平静幸福的生活吗？你知道的，去像圣特洛佩兹那样的地方好好地散步、游泳、生个孩子，圆满幸福地生活在一起。我是说真的，难道你不想让现在这一切都赶快结束吗？你知道我的意思，战争和革命。

费利普　那么我们能在早餐的时候一边看《大陆每日邮报》，一边吃奶油蛋卷和新鲜的草莓酱吗？

特洛西　亲爱的，我们能吃到鸡蛋卷，还有《邮政早报》可以看。而且每个人都会称呼我们为先生、夫人。

费利普　《邮政早报》刚刚停止出版了。

特洛西　唉，费利普，你也太悲观了。我希望我们能过上这样幸福的生活。你难道不想要个孩子吗？他们可以在卢森堡公园里玩滚铁环和航海游戏。

费利普　孩子们，我们给男孩子取名叫"德瑞克"，你知道这是我所听到过的最难听的名字了。你可以在地图上，甚至还可以在地球仪上指给他们看。你可以说："德瑞克，那儿是旺普。现在跟着我的手指看。我会告诉你，你爸爸在哪里？"于是"德瑞克"就会说："好的，妈妈，我见过爸爸吗？"

特洛西 哦，不是。不可能是这样的。我们可以找一个有趣的地方住下来，你只要能写作就行了。

费利普 什么？

特洛西 你喜欢写什么都可以。小说、散文，或者还可以写一本关于这场战争的书。

费利普 那一定是本好书。最好让这本书里面有……有……你知道的，插图。

特洛西 或者你也可以好好研究研究，写一本关于政治的书。有人告诉我说，关于政治的书籍永远都有销路。

费利普 [拉了拉铃]我正在想象呢。

特洛西 你也可以试着写一本关于辩证法的书，辩证法方面的新书也总是有市场的。

费利普 真的吗？

特洛西 但是，亲爱的费利普。第一件事情，你要从现在开始就在这里做起，彻彻底底地放弃那些完全是花花公子的行为，开始做些有价值的事情。

费利普 我曾经在一本书里面读到过，但是从来没有真正弄明白过。一个美国女人一定会让她喜欢的男人放弃一些爱好，这是不是真的？你知道的，酗酒什么的，或者是抽弗吉尼亚香烟，或者是穿长筒橡胶靴子，或者是打猎，或者还有其他什么蠢事？

特洛西　不是，费利普。事实上，你对任何一个女人来说都是个严峻的课题。

费利普　我倒希望如此。

特洛西　而且我也不是想要你放弃什么，我只是希望你接受一些东西。

费利普　好了。[他亲吻她]我会接受的。现在我们开始吃早餐吧。我要回房间打几个电话。

特洛西　费利普，别走。

费利普　我马上就会回来的。亲爱的，而且我会非常认真地对待这件事。

特洛西　你知道你说了什么吗？

费利普　当然。

特洛西　[兴高采烈地]你说了，亲爱的。

费利普　我知道这个是会被传染的，但是我从来没想到这会是接触性传染。请原谅我，亲爱的人。

特洛西　亲爱的人，这也是个好听的词。

费利普　再见吧——呃——甜心儿。

特洛西　甜心儿，哦，你这个可爱的人儿。

费利普　再见了，同志。

特洛西　同志，唉，可你之前都是叫我亲爱的。

费利普　同志是个不错的词。我认为我实在不应该到处乱用，我要把它收回。

特洛西　[兴高采烈地]哦，费利普。你在政治上有进步了。

费利普　上帝啊……呃，你知道的，无论如何，救救我们吧。

特洛西　不要亵渎上帝，这样会遭到惩罚的。

费利普　[急促而且非常严厉地]再见，亲爱的，亲爱的人，小甜心儿。

特洛西　你不叫我同志了。

费利普　[往室外走]是啊。你看，我现在在政治上有进步了。[他走进旁边的那间屋子]

特洛西　[拉铃叫帕塔拉，跟她说话，舒舒服服地向后靠着床上的枕头]哦，帕塔拉，他是那么可爱，那么精力充沛，那么朝气蓬勃，但是他不做任何事情。据说，他应该给一家令人厌烦的伦敦报社发新闻稿，但是他们指责他实际上从来都没有发过。听惯了布莱斯顿对他的妻子和孩子的唠叨后，他总是这么让人耳目一新。既然他对他们这么在乎，就让他回到他的妻子和孩子的身边去吧。我打赌他是不愿意回去的。那些参加战争的男人们，只不过是把妻子和儿女当作跟别人上床的理由，之后他们又拿妻子和儿女作为理由来打击你，我的意思是彻底地打击你。我不知道为什么会跟布莱斯顿在一起那么久，他总是垂头丧气的，而且总是盼着这座城市沦陷，等等这些，还总是一直盯着地图。总是盯着地图看，这是一个男人能养成的最令人生气的恶习，难道不是吗？帕塔拉。

帕塔拉　我不明白，小姐。

特洛西　哦，帕塔拉。我想不出来他现在在做什么？

帕塔拉　不会是在干什么好事的。

特洛西　帕塔拉，不要这么说。你是个失败主义者。

帕塔拉　哦，小姐。我没有什么政治立场，我只是干些杂事。

特洛西　好了，你现在可以出去了。因为我想再回去睡一会儿，这个早晨我过得非常愉快，但是也感觉到很乏累。

帕塔拉　好好休息，小姐。[她走出去，关上了门]

[在另外一间房，费利普在接电话]

费利普　是的，对，把他送过来。[敲门声，一位穿国际纵队制服的同志打开门走了进来。他行了个漂亮的军礼。他是一个有着黑黝黝的皮肤但是长得很好看的年轻小伙子，20岁左右]敬礼。同志，进来吧。

同志　是纵队把我派到这里来的，我本来应该是在113号房间向您汇报的。

费利普　我换房间了。你有命令的复本吗？

同志　只有口头命令。

费利普　[费利普拿起电话，拨出一个号码]80—2015，喂，赫道克吗？不是，赫道克。这里是海克。是的，海克。好，赫道克。[他转向那位同志]同志，你叫什么名字。

同志　威尔金森。

费利普　喂，赫道克，你派过一位威尔金森来波士渔场^[1]吗？是的。非常感谢你，敬礼。[他挂上电话，转身向这位同志伸出手来]很高兴认识你，同志，现在有什么事情吗？

威尔金森　听从您的指挥。

费利普　哦。[他看起来似乎有些不太情愿]你多大年纪了，同志。

威尔金森　20岁。

费利普　找过不少乐子吧？

---

[1]"赫道克""海克""波士渔场"都是为了保密而用的代号。

威尔金森　我加入这里并不是为了找乐子的。

费利普　不，当然不是。我不过是随便说说而已。[他住了口，然后摆脱了不情愿的感觉，用十足的军人口气说]现在，有一件事我必须告诉你。在这场特殊的演出里，你不得不把自己武装起来，强制自己执行任务。但是在任何情况下你都不能使用你的武器。任何情况下，明白吗？

威尔金森　在遇到危险的时候也不能吗？

费利普　在任何情况下都不能。

威尔金森　我知道了，接下来给我的命令是什么？

费利普　到楼下去散散步。然后回到这里来，开个房间，办好入住手续。你住进房间以后，到我这儿来一下，告诉我是哪间房，我再告诉你干什么。今天你得长时间待在你那间屋子里。[他顿了一下]好好散散步，可以喝点啤酒，今天在安圭拉酒吧那些地方能买到啤酒。

威尔金森　我不喝酒，同志。

费利普　很好，非常好。我们这些老一辈的人有些恶习，像麻风病的疮疤似的，到目前为止还没有办法根治，但你是我们的榜样。现在就去吧。

威尔金森　是的，同志。

[他敬个礼，走出去]

费利普 [在他走了以后]太可怜了，是啊，真是太可怜了。[电话铃响起]是，我就是。太好了，不是，很抱歉哦。稍后再说。[他挂上电话……电话再次响起来]喂，你好，哦，对不起，非常非常的抱歉。真是不好意思，我会的，是的，过一会儿再说。[他挂上电话……电话再次响起来]喂，你好，哦，很抱歉，我真的感到很抱歉，不过等一会儿再说好吗？不，善良的人，来吧，来让我们忘记它吧。[有敲门声]进来，[布莱斯顿进来了，他一边眉毛上贴着纱布，状态看起来很不好]我感到很抱歉，你知道的。

布莱斯顿 你说这些有什么用，你的所作所为真让人恶心。

费利普 说得对，我能弥补你些什么吗？[很坚决地说]我说了，我很抱歉。

布莱斯顿 好了，你可以脱掉我的睡袍和拖鞋了。

费利普 [脱掉睡袍和拖鞋]好。[他把衣服和拖鞋递过去][很遗憾地]你能不能把这睡袍卖给我，可以吗？这真是件好衣服。

布莱斯顿 不卖，现在滚出我的房间。

费利普 我们没有必要把事情再做一遍吧？

布莱斯顿 如果你不滚的话，我会叫仆人进来把你扔出去的。

　　费利普　那么你最好拉拉铃。

　　[布莱斯顿拉铃。费利普走进了浴室，水声哗哗地响起来。这时候响起了敲门声，经理走进来]

　　经理　一切都好吗？

　　布莱斯顿　我想让你把警察叫来，把那个家伙赶出我的房间。

　　经理　布莱斯顿先生，我立刻去叫女仆把你的东西打包。114号房间也非常舒适。布莱斯顿，你知道的，最好不要叫警察到旅馆里来。警察来了的话一开口会说什么？这罐牛奶是谁的？这罐牛肉是谁的？谁在旅馆里囤积咖啡？大立柜里怎么会有这么多白糖？这三瓶威士忌是谁的？这里发生了什么事情？布莱斯顿先生，千万不要为了私事而惊动警察，我恳求你，布莱斯顿先生。

　　费利普　[从浴室里说]这三块香皂是谁的？

　　经理　是的，你明白了吗，布莱斯顿先生？关于私人的事情政府部门总会给出错误的解释。法律上是不允许私藏这些东西的，法律是严令禁止囤积这些东西的。这些都会让警察误会的。

　　费利普　[在浴室里说]这三瓶古龙香水是谁的？

　　经理　你看见了吗，布莱斯顿先生？这完全是出于我的一片好心。我不想去叫警察过来。

布莱斯顿 哦，去……去……见鬼去吧，你们两个。把这些东西搬到114号房间。洛林茨，你这个混蛋，记住我说过的话，听见了吗？

费利普 [在浴室说]这四管美能牌的剃须膏是谁的？

经理 布莱斯顿先生，四管啊，布莱斯顿先生。

布莱斯顿 你就只会乞讨，我给过你那么多了。把东西收起来，让仆人搬走。

经理 太好了，布莱斯顿先生。但是只有一件事，当我违背我自己的所有意愿向你乞求一些食物的时候，只希望你能把超额配给的……

费利普 [在浴室里笑得喘不过来气]这是在说什么？

经理 我在跟布莱斯顿先生说，请他看在我一家七口人的面子上把吃剩下的那些食物给我。听着，布莱斯顿先生，我有个岳母……那是个奢侈品……现在嘴里只剩下一颗牙了。你懂的，她就只用这一颗牙也能津津有味地吃掉所有食物。等到这颗牙掉了我就得给她买一整副的假牙，包括上面和下面的，这样她就能吃更高级的食物了。可以吃牛肉，可以吃猪肉，可以吃那个什么牛里脊肉。我跟你说，每天晚上，布莱斯顿先生，我都会问她，老太太你的这颗牙怎么样了？
每天晚上我都会想，如果它掉了我们该怎么办？给她
一整副的假牙的话，马德里的马就没有多少能供应给
部队了。我跟你说，布莱斯顿先生，你从来没有见过
这种女人，这种奢侈品。布莱斯顿先生，难道你就不
能从你的超额配给里分我一小罐牛肉或者其他什么
吗？

布莱斯顿　去洛林茨那要点什么吧？他是你的朋
友啊。

费利普　[从浴室里走出来]集邮家同志，跟我来，
让我给你一罐超额配给的牛肉吧。

经理　费利普先生，你的心胸比这个旅馆还要宽
大。

布莱斯顿　而且双倍肮脏。[他走了出去]

费利普　他怒火中烧。

经理　你抢走了那位年轻的小姐，让他暴怒了，
使他充满了……怎么说呢，妒火满腔。

费利普　就是这样，妒忌已经填满了他的内心。
昨天晚上我还试着帮他把这些情绪释放出来一些，看
来没有成功。

经理　听着，费利普先生。告诉我一件事，这场
战争会持续多久？

费利普　恐怕还需要很长的时间。

经理　费利普先生，我真不愿意听到你这么说。到现在为止已经打了一年了，真的是一点也不好玩，你明白的。

费利普　千万别为这些事情担心，你还是原来的你。

经理　你也要多加小心，好好活下去。费利普先生，要更加小心啊。我知道的，不要以为我不知道。

费利普　还是不要知道太多了。而且不管你知道的是什么，闭上你的嘴巴，嗯？这样我们才能好好合作下去。

经理　但是要多加小心，费利普先生。

费利普　我一直活得不错，一起喝一杯吗？〔他倒了杯苏格兰威士忌，在里面兑了些水〕

经理　我从来不碰酒精。但是，听着，费利普先生，要多加小心，住在105号房间的那个家伙很坏，住在107号的也很坏。

费利普　谢谢，我知道这个。只是我把住在107号的家伙弄丢了，他们让他跑了。

经理　住在114号的家伙是个笨蛋。

费利普　非常的笨。

经理　昨天晚上那个人假装走错了房间，想去

113号找你，我明白的。

费利普　这就是我没住在那里的原因。我已经派人盯住了那个笨蛋。

经理　费利普先生，你一定要多加小心。你需要我在门上装上耶鲁牌的弹簧锁吗？那种大锁，最坚固的那一种。

费利普　不用，装上那种大锁也没什么好处，没必要做装上大锁这种事。

经理　你需要什么特殊的东西吗？费利普先生，只要我能做到的都可以。

费利普　不需要，没有任何特殊需求。谢谢你把那个从巴伦西亚来的想住在这里的白痴旅客打发走，我们这里已经住了太多白痴了，包括你和我。

经理　我可以让他过一段时间再住进来，如果你愿意的话。我跟他说，已经客满了，有空房间了就会通知他的。如果事情能平静下来我可以安排他稍后住进来。费利普先生，照顾好你自己。拜托了，你明白的。

费利普　我活得很好，只是有些时候心情不太好罢了。

［在这段时间里，特洛西·布勒齐思已经从床上起来进了浴室去洗澡，之后穿戴好了回到房间。她坐在打字机边上，又站起来，把一张唱片放进唱机里。那

是肖邦的作品降a小调叙事曲第47号。费利普听见了音乐声]

费利普 [冲着经理]对不起，我可以出去一小会儿吗？你要给他搬东西吗？如果有人过来找我，叫他们等一会儿，好吗？

经理 我去通知搬东西的女仆。

[费利普走到了特洛西的门口，敲门]

特洛西 进来，费利普。

费利普 你不介意我在你这里喝点儿酒吧？

特洛西 不会，请便。

费利普 我需要你帮我办两件事。

[唱机里的音乐停了，在另外一个房间，你能看到经理走了出去，女仆走了进来，开始把布莱斯顿的东西收拾起来放在床上]

特洛西 你需要我办什么事情？

费利普 第一件事是搬出这家旅馆，另外一件事是回美国去。

特洛西 为什么？你这个粗鄙不堪的厚颜无耻的家伙。你怎么比布莱斯顿还要恶劣。

费利普 我的意思是两件事你都要做到。眼下这个旅馆不是你能住的地方，我说的是真心话。

特洛西 我才刚开始和你一起无忧无虑地生活

啊。费利普，别傻了。拜托，亲爱的，别犯傻了。[在另外一扇门前，你可以看到身穿国际纵队衣服的年轻同志威尔金森正站在敞开的门前]

威尔金森　[冲着女仆]洛林茨同志去哪儿了？

女仆　请进来坐下吧，他说让你等他。

[威尔金森背对着门在椅子上坐下。在隔壁房间里，特洛西已经再一次把唱片放在唱机里。费利普把唱机针头提起来拿开，唱片就在唱机盘上旋转了起来]

特洛西　你刚才说你想喝一杯。给你。

费利普　我现在不想喝。

特洛西　怎么了，亲爱的？

费利普　你知道我是非常认真地跟你说，你必须要离开这里。

特洛西　我不害怕炮击，这你是知道的。

费利普　并不是因为炮击。

特洛西　好啊，那是因为什么，亲爱的？难道你不喜欢我？我愿意在这里让你开开心心的。

费利普　我要怎么做才能让你离开这里呢？

特洛西　怎么做都不可以，我不可能走的。

费利普　我不得不让你搬到维多利亚旅馆去。

特洛西　你做不到。

费利普　我真希望能和你好好谈谈。

特洛西　但是为什么不谈呢？

费利普　我没办法和任何人好好地谈话。

特洛西　但是，亲爱的，你只是焦虑而已。你可以去找个心理咨询师，用不了多久就能治好了。这是非常简单的，也很有意思。

费利普　你太美了，但你真是没救了。我只是想让你搬出去而已。[他把唱机针放回唱片上，然后给唱机上足发条]请原谅，如果我看起来情绪有些不太好。

特洛西　也许只是你的肝脏有点小毛病，亲爱的。

[唱片放着音乐，你可以看见另外一个房间门外站着一个人，房间里女仆正在收拾东西，小伙子则坐在那儿。门外那人头戴贝雷帽，身穿军用雨衣靠在门框上，握住手上的长筒毛瑟枪，瞄准了威尔金森的后脑，开了一枪。女仆尖叫一声"啊……"然后开始用围裙蒙住脸大声哭了起来。费利普听到枪响，立即把特洛西推向床上，接着右手握住手枪走向门口。他打开门，来回张望，将自己的身形隐藏起来，绕过拐角进了房间。当女仆看见他拿着枪，再次大声尖叫了起来]

费利普　别犯傻了。[他走到那具尸体所在的椅子前，架起威尔金森的头，然后让它垂下]这群狗杂种，这群肮脏的狗杂种。

[特洛西跟在他后面走进门来，他把她推了出去]

费利普　离开这里。

特洛西　费利普，发生了什么事？

费利普　别看他，那是个死人，有人枪杀了他。

特洛西　是谁杀了他？

费利普　也许是他自己杀了自己吧。这不是你该管的事情，离开这里。难道你以前没见过死人吗？难道你以前不是战地记者什么的吗？从这里出去，去写篇文章。这里发生的事跟你没有关系。[然后冲着女仆]赶快把这些罐头和瓶子什么的拿出去。[他开始动手把大立柜内隔板上的东西都扔在床上]所有的罐装牛奶，所有的腌牛肉，所有的白糖，所有的鲑鱼罐头，所有的古龙香水，所有多余的香皂，全部都拿出去。我们不得不报警了。

——落幕——

第二幕

第一场

在保安局总部的一间屋子里，一张再普通不过的桌子上除了有一个罩着绿色灯罩的台灯之外再没有其他的东西。屋内的窗户全都关闭着，并且百叶窗也全都放了下来。桌子后面坐着一个拥有两片十分薄的嘴唇和鹰钩鼻子的长着苦行僧脸的男人，他还有两道粗眉毛。费利普坐在桌子边上的一张椅子上。这个苦行僧脸的男人正拿着一支铅笔。在桌子前面还坐着一个男人。他正用低沉的声音抽抽搭搭地哭泣着。安东尼（那个鹰钩鼻子的男人）正饶有兴趣地看着他。这个人就是第一幕第三场中的那个同志甲。他光着头，制服上衣已经脱掉，吊在国际纵队制服的裤子边上，背带也耷拉在裤子边上。幕帘拉开的时候费利普正在站起来看着同志甲。

费利普　[用疲惫的声音]我还要问你另一件事情。

同志甲　别问我，我请求你不要问我了，我不想让你再问我了。

费利普　你当时是睡着了吗？

同志甲　[哽咽地]是的。

费利普　[用非常疲惫且沉闷的声音道]你知道这件事会让你受到什么惩罚吗？

同志甲　是的。

费利普　你为什么一开始不这么说，就能减少一些麻烦？我们又不会为了这个就枪毙你。我只是现在对你很失望。你不会认为互相射杀是为了好玩吧？

同志甲　我应该早就告诉你的。我只是很害怕。

费利普　是啊，你早就应该告诉我的。

同志甲　真的是这样，政委同志。

费利普　[冲着安东尼，冷漠地说]你认为他当时睡着了吗？

安东尼　我怎么会知道。你是想让我审问他吗？

费利普　不，我的上校，不是的。我们要的只是情报，我们又不是在刑讯逼供。[冲着同志甲]听着，你睡着以后做梦都梦见了些什么？

同志甲　[他抑制住了抽泣，迟疑了一下，然后继续]我不记得了。

费利普 那就尽量回忆，慢慢来。我只是想跟你确认，你明白的。不要撒谎，你如果撒谎的话我会知道的。

同志甲 现在我想起来了。当时我靠在墙上，向后面躺着的时候，我的来复枪夹在两腿中间，我想起来了。[又哽咽起来]在梦里，我……我……我以为那是我的女朋友，正在对我做些什么……令人愉悦的事情……我不知道是什么事情，那只不过是梦里的情景。

费利普 [冲着安东尼]现在你满意了吧？

安东尼 我还没完全了解是怎么回事呢。

费利普 好吧，我猜没有人能完全了解是怎么回事，但是他已经说服我了。[冲着同志甲]你女朋友叫什么名字？

同志甲 爱尔马。

费利普 好吧，你给她写信的时候别忘记告诉她，她给你带来了好运。[冲着安东尼]到目前为止，就我这方面而言，你可以把他带下去了。他看《工人报》，他知道乔·诺斯，他有个女朋友叫爱尔马。他在纵队里的考试成绩不错。但是他跑去睡觉导致那个人逃跑了之后把威尔金森那个小青年打死了。因为那人错把他当成了我。现在要做的事情就是给他些特浓咖啡，让他保持清醒，并且别让他把来复枪夹在两腿中间。
听着，同志，如果我在执行任务时对你说了些粗话，
我表示抱歉。

安东尼　我还想再问几个问题。

费利普　听着，我的上校。如果我不擅长这些事
情，你就不会让我审问他们这么久了。这个小伙子没
什么问题。你知道的，准确地说我们中间没有任何人
像你说的那样完全没有问题。但是这个小伙子应该说
是基本没有问题。他只不过是睡着了，而且我也不是
法官，你知道的。我只不过是为你工作，为了革命事
业，为了共和国，为了这事那事的。在美国，我们曾经
有个总统叫林肯，他为那些在站岗时打盹的士兵减免了
死刑，你知道的。所以我想如果你没有问题的话，我们
也给他减刑得了。他来自林肯的队伍，你明白的，那是
一支非常厉害的队伍。那也是一支非常优秀的军队，如
果我试着告诉你他们做过什么的话，将会击碎你那颗该
死的心。要是我在那支军队里的话，我也会感到满足和
骄傲，而不会像现在这样。但是我不在那里，看到了吗？
我不过是个二等警察和冒充的三流记者……但是听着，
爱尔马同志[1]……[冲着囚徒]如果你在我手下工作期间，

---

[1]用他女朋友的名字戏称他。

再在站岗的时候睡觉，我会亲手枪毙了你，明白了吗？你听清我说的了吗？并且你得把这个写信告诉爱尔马。

安东尼 ［拉铃，两名突击队员走了进来］把他带走。你说的真是不知所谓，费利普。但是你确实劳苦功高，你全发泄出来了。

同志甲 谢谢你，政委同志。

费利普 哦，在战争中不要说谢谢。这是战争。你不能在战争中说谢谢。但是你太客气了，明白了吗？你给爱尔马写信的时候，告诉她，她给你带来了许多许多的好运气。

［同志甲跟着两名突击队员下去了］

安东尼 嗯，现在，有一个男人从107号房间溜走了，他错把那个青年当作你而开枪将他打死了，那个人是谁？

费利普 哦，不知道。我猜是圣诞老人吧。他有一个代号，他们的编号A从1排到10，编号B从1排到10，编号C从1排到10，他们进行枪杀，他们炸毁目标，他们还干那些你再熟悉不过的事情。而且他们干得非常卖力，可是没什么工作效率。但是他们杀了好多不该杀的人。现在麻烦的是他们执行那个古巴的"阿贝赛"老政策时却做得很出色，除非你找外面的人去对付他们，要不然根本起不了作用。这就好像你不做面包也不去听弗莱施曼酵母的广告节目。你知道的，如果我又说错话了，就纠正我。

安东尼　那么你为什么不调集足够的力量去抓捕那个人呢？

费利普　这是因为我们不能闹出太大的动静，那样会惊动到那些更重要的人的。这个人不过是个杀人工具而已。

安东尼　在这个有100多万人口的城市里还隐藏着非常多的法西斯分子，他们在暗处活动。他们是很大胆的，这里大概还有两万人在活动。

费利普　更多，比你说的还要多一倍。就算你抓住了他们，他们也不会开口的。除了那些政客们。

安东尼　政客，是啊，政客。我曾经看到过一个政客躺在屋子角落的地板上，当他想要出去的时候却无法站起来。我曾经看到过一个政客在地板上用膝盖爬行到我跟前，用胳膊抱住我的大腿然后亲吻我的脚面，我看着他的口水流到我的靴子上，他所能够做的最简单的事情就是等待死亡。我曾经看见过很多死亡，但是从来没看到过政客能死得壮烈。

费利普　我不想见到他们死去。如果你想看到他们死去，我认为这也可以的，但是我讨厌这样。有时候，我真不懂你在坚持什么。听着，谁能死得好看呢？

安东尼　你了解的，不要再孩子气了。

费利普　是啊，我想我明白。

安东尼　我可能会死得很好，但是我不要求别人做他们做不到的事情。

费利普　你是个专家。看啊，东尼克[1]，谁能死得好看呢？继续说啊，继续。谈谈你干的行当确实对你有好处。你明白的，说说它。你知道接下来该做什么，那就是忘记它。这非常简单。跟我说说关于这个运动最开始的一些情况。

安东尼　[十分骄傲地说]你想听听，你指的是特定的人物吗？

费利普　不是，我知道几个特定人物的情况。我指的是一些阶层的事情。有些时候非常有风格。虽然他们做错了，但是他们都死得很有格调。士兵，是的，大多数是好的。神父们，是我们一生都反对的。太多教会都反对我们，我们要跟教会作斗争。我是个社会党人，已经好多年了，在西班牙，我们是最原始的革命党。但是要去死……[他快速地挥动了三次手腕，这是一个在西班牙表示极度敬佩的手势]去死，神父们？这太恐怖了。你了解的，只是些单纯的神父，我没有

---

[1] 安东尼的昵称。

指那些主教。还有，安东尼，有时候我们无法避免一些错误，嗯……当你必须要仓促行事的时候。或者，你知道的，就是犯错，我们都会犯错的。我昨天刚犯了一个错误。告诉我，安东尼，有没有谁没有犯过错误？

安东尼　哦，是的，当然，犯错。哦，有，有犯错。有，有，令人遗憾的错误。只是非常少。

费利普　那些错误是怎么解决的呢？

安东尼　[骄傲地] 都有一个圆满的结局。

费利普　啊……[他发出的声音像是被一个拳击手重重地击打在身体上的声音] 然而现在我们已经在这个行当里了。你知道他们给它取了个多傻的名字吗？反间谍行动。这从来没让你的神经受不了吗？

安东尼　[简单地说] 没有。

费利普　这对于我来说已经让我焦虑了很久了。

安东尼　但是你干这一行并没有多长时间啊。

费利普　血淋淋的12个月，我的兄弟，在这个国家。而且在这之前，是在古巴。你去过古巴吗？

安东尼　我去过。

费利普　在所有的地方里，那是我去过的最让人感到恶心的地方。

安东尼　那里怎么让你感到恶心了？

费利普　嗯，当他们开始更明白些事理的时候就会开始信任我了。而且，我猜他们开始更明白事理而我就会得到……你知道的，多多少的信任。你知道的，不是我精心规划的，只是一些合理的信任。并且接下来你做得更好些他们就会给予你更多的信任。再接下来，你知道的，你开始相信这些了。到最后，我猜你开始喜欢这些了。有些想法，我没法给你解释出来。

安东尼 你是个好小伙子，你工作做得很出色，每个人都非常地信任你。

费利普 太多了，而且我也厌倦了，而且现在我很担忧。你知道我想怎么样吗？在我活在世上的时候，我根本不关心是谁，或者是这样做的原因，反正我再也不想杀任何一个坏家伙了。我希望自己再也不用被迫说谎。我只想知道自己是谁，什么时候醒过来。我希望一个星期里每天早上都在同一个地方醒来。我想跟一个你不认识的，叫布勒齐思的女孩结婚。但是别在意我这么称呼她，只是因为我喜欢这么叫。而我想跟她结婚是因为她拥有全世界最光滑、最笔直、最修长的一双腿，而且如果她说的话没道理的时候我可以不用听她讲话，但是我挺好奇我们生下来的孩子会是什么样子的。

安东尼 她是那个有一头金发的高个子的战地记者吗？

费利普　别那么形容她，她不是什么金发高个的战地记者，她是我的女人。要是我说了太多话或是占用了你的宝贵时间，你可以阻止我。你知道的，我不是那种传统的下属。我能说英式英语也能说美式英语，我在一个国家出生，又在另外一个国家被抚养长大。这个就是我现在用来谋生的手段。

安东尼　[安慰道]我知道，你累了，费利普。

费利普　好，我现在说的是美式英语。布勒齐思也是这样，只是我不知道她是否可以讲好美式英语。你知道的，她的英语是在一所大学里学的，是从那些不入流的文人雅士那里学来的，你知道这有多滑稽，你明白的。我不介意她说的是什么，我只是想听她讲话。你看，我现在很放松。在早餐过后我还没喝过酒呢，可是我现在比喝了酒时还醉得厉害，这可是个不好的信号。可以让你手下的特工人员放松下吗，我的上校？

安东尼　你应该去睡一觉。你已经非常疲倦了，费利普。你还有许多工作要做呢。

费利普　是的，我的确很疲惫，也确实还有一堆工作要做。我正在等着见一位从奇科特来的同志，名字叫迈克斯。我还有——一点儿也不夸张——特别特别多的工作要做。迈克斯，我相信你听说过他，也听说过他是个多么优秀的人。他只有名没有姓，而我的姓却是洛林茨，这跟我刚开始干这一行的时候一样。这说明我在这一行还没有走太远。你瞧，我这是在说什么啊？

安东尼 关于迈克斯。

费利普 哦，迈克斯！是的，迈克斯。现在他已经迟到了一天了。他已经在海上航行了两个礼拜左右，为了避免误会，他说他在反法西斯战线的后方活动。这是他的专长，而且他说他从不撒谎。我就会撒谎，不过现在没有。不管怎样，我现在非常疲惫，瞧，我也开始厌烦自己的工作了。我很焦虑，像个可怜虫，因为我感到害怕，而我一般是不会害怕的。

安东尼 接着说，别太情绪化。

费利普 他说，就是迈克斯说。我真他妈的想知道他这会儿究竟在哪里！他说他找到了一个地方，是个观察站，你懂的，观察他们降落，但他又说那是个错误的地方。那是众多观察哨中的一个。哦，他说炮击这个镇的德国兵的头经常去那里，他是个讨人喜欢的政客。你知道的，那个老古董，他也去那里。然后迈克斯动起了脑筋。我认为他有点异想天开，但是他的想法很不错。我反应更快，但没他思考得周全。我们可以把这两个家伙劫持来。现在听好了，我的上校。要是有什么不对的，可以立刻打断我。我觉着这听上去很浪漫。但迈克斯说，他是个德国人，很讲求实际，说服他到法西斯的后方去就像你刮掉胡子一样容易。我们还能说什么呢？他说这完全可行。所以，我也就没再反对了。哦，我有点醉了！我已经很久没有这种醉酒的感觉了。他还说什么我们可以把那些正在进行的项目暂且放一放，先去把那两个人抓来见你。尽管我不认为那个德国人对你有什么实际用处，但他具有很高的交换价值；而这个计划似乎对迈克斯更有吸引力。我觉得这应该归咎于民族主义，不过，要是我们真能捉到另外的那个人，那你就一定会大有收获的，我的上校！因为他非常非常了不起。是的，我说的是了不起。关于他，你知道的，这会儿正在城外，但他知道谁在城里。所以你得让他开口，讲出谁在城里；因为他们与他都有联系。我是不是说得太多了？

安东尼　费利普。

费利普　是，上校！

安东尼　你现在就去奇科特酒吧，要像个好小伙子那样喝个酩酊大醉，然后继续做你的工作。等你有了新的消息就来这里，或者打电话过来。

费利普　那我该怎么讲话，上校？是用美式英语还是英国英语？

安东尼　你喜欢怎么说就怎么说吧！别再废话

了，赶快去吧，现在就去！虽说我们是好朋友，我也很喜欢你，但是我非常忙。哦，对了，关于观察岗哨的事儿，是真的吗？

　　费利普　是真的！

　　安东尼　嗯，很好！

　　费利普　是的，上校！这真是一件非常非常奇妙的事情。

　　安东尼　那你去吧，开始行动！

　　费利普　我真的可以随便说美式英语和英国英语吗？

　　安东尼　别再闹了，赶快走吧！

　　费利普　那我还是说英国英语吧。上帝啊，我用英国英语撒起谎来真是得心应手，实在是可悲！

　　安东尼　走，走，走！赶紧走！

　　费利普　是，我的上校！非常感谢你有教育意义的简短谈话，我现在就去奇科特酒吧！敬礼，上校！
[他敬了个礼，看了看手表，走了出去]

　　安东尼　[坐在桌子旁目送他离开，然后拉了拉铃，两个突击队员走进来，给他敬了个礼] 去把你们刚才带走的那个人带进来，我想单独跟他谈谈。

——落幕——

第二场

　　在奇科特酒吧的角落里，费利普和阿妮塔坐在进入酒吧后右手边的第一张桌子旁。门边和窗下都堆着沙袋，高度大约是门窗的四分之三。一个服务生来到费利普和阿妮塔面前。

　　费利普　还有桶装威士忌吗？

　　服务生　除了杜松子酒，真的什么都没有了，先生！

　　费利普　是上好的杜松子酒吗？

　　服务生　布思牌的黄色杜松子酒，是最好的。

　　费利普　加上浓的生啤酒。

　　阿妮塔　你不爱我了吗？

　　费利普　哪能啊！

　　阿妮塔　你跟那个金发高个女人在一起是个天大的错误。

　　费利普　哪个金发高个女人？

　　阿妮塔　就是那个非常高的金发女人，跟塔似的，壮得像一匹马。

　　费利普　金色的长发就像成熟的稻田。

　　阿妮塔　你犯了个大错误，巨大的错误！竟跟高个子女人在一起。

费利普 你怎么会认为她是那么高大呢？

阿妮塔 岂止是高？简直就是坦克！等你把她的肚子搞大了再看吧，根本就是一辆史蒂倍克牌的卡车。

费利普 史蒂倍克！嗯，这个词从你嘴里蹦出来真是太好听了。

阿妮塔 是啊，我觉得那些英文单词实在是太妙了！史蒂倍克，很美吧？可你为什么不爱我了呢？

费利普 我也不清楚，阿妮塔。你明白的，有些东西是会变的。［他看着自己的表］

阿妮塔 你以前是那么喜欢我的。你重新再来一遍吧！你应该再试试。

费利普 我明白。

阿妮塔 有些好东西你是不会让它离开自己的。大个子女人会有大麻烦，这你也知道的；但我已经知道很长时间了。

费利普 你是个好女孩儿，阿妮塔。

阿妮塔 是因为我上次咬了弗农先生吗？他们都批评我了。

费利普 不，当然不是！

阿妮塔 我已经告诉过你，我不会再那样了。

费利普 哦，那件事早被人忘了。

阿妮塔　你知道我为什么那么做吗？谁都知道我咬了人，但从没有人问过我原因。

费利普　哦？那你为什么咬他？

阿妮塔　他想从我的长筒袜里拿走300个银币，我该怎么办？难道对他说，"好，你拿去吧，没关系的。"当然不能，所以我就咬了他。

费利普　做得好！

阿妮塔　你真是这么想的吗？

费利普　当然。

阿妮塔　嘻嘻，你还是那么可爱。不过听着，你跟那个大个子金发女人在一起确实是错误的。

费利普　阿妮塔，你明白的。恐怕我必须这么做了，我也害怕这会是个大麻烦，但我愿意去犯这样的大错误。[他叫来服务生，看着表，又冲服务生说]你的表现在几点？

服务生　[看了看吧台后面墙上的钟，然后又看了看费利普的表]跟你的表的时间一样，先生。

阿妮塔　绝对是个大错误！

费利普　你是不是吃醋了？

阿妮塔　不，我只是厌恶！昨天晚上我曾试着去喜欢。我对自己说，好吧，大家毕竟都是同志，马上就要开始大规模的炮击了，也许大家都会被炸死，为什么不能原谅别人呢？埋掉斧头，忘记仇恨；不要自私，要像爱自己一样去爱敌人等等。全是一些废话。

费利普　你真棒！

阿妮塔　但天一亮，这些乱七八糟的东西就全被我抛在了脑后。早上醒来，我所做的第一件事就是开始恨那个女人，而且恨了整整一天。

费利普　你没必要这么做，你懂的。

阿妮塔　她找你干什么？她找个男人就像摘一朵花一样。她是不会真心爱你的，她只是想找个男人放在自己的屋里。就因为你也是个大高个她才喜欢你的。但我不会这样，就算你是个矮子我也会同样喜欢你。

费利普　呃，阿妮塔，别这么说！

阿妮塔　就算你成了一个干瘪的丑老头我也会照样喜欢你，就算你变得耳聋驼背，我仍会喜欢你的！

费利普　驼背的人可真幸运！

阿妮塔　我就是喜欢你。你是想要钱吗？我来挣！

费利普　在这一行中，大概还没有谁做过这样的事情。

阿妮塔　我不开玩笑，我是认真的。费利普，只要你离开她，回到我身边来，我什么都肯做。

费利普　我恐怕做不到，阿妮塔！

阿妮塔　试试看嘛，一切都是老样子。你还是以前的你，我还从前的我，就再试一次嘛。这样总是可以的，只要你是个男子汉大丈夫。

费利普　但你知道的，我变了。我并不是故意这么做的。

阿妮塔　你没变，我了解你。我认识你这么久了，你不是一个善变的人。

费利普　不，所有的男人都善变！

阿妮塔　这不是真的，只是你累了。是的，你累了，你想离开，想到处跑跑。是的，你生气了。是的，是的！是我亏待了你，对，很亏待。难道是你变了？不，不是的！你只是想换一种生活方式。但生活就是这样，不管你跟谁在一起都是一样的。

费利普　我明白！对，你说得很对。不过你要知道，这次是突然撞上了我的同类人，并且还扰乱了你的心。

阿妮塔　她不是你的同类人！她跟你不一样，是另外一种血统。

费利普　不，我说的是同一类型的人。

阿妮塔　看来那个大高个女人已经让你疯掉了！你都不能正常思考了。你不再是你了，就像鲜血和油漆，看上去一样，可是油漆能作为鲜血灌进病人的身

体吗？好吧，就算可以把油漆灌进身体，你又能得到
什么，一个美国女人？

费利普 你这样说对她不公平，阿妮塔。就算她
被宠坏了，有点蠢，而且身材确实比较壮，但她仍然
很漂亮、很友好，也很迷人，更难得的是她非常单纯，
也非常勇敢。

阿妮塔 漂亮？眼看就要开始炮击了，等你死了
的时候，再漂亮又有什么用？友好？好吧，友好也可
以变成仇恨。至于迷人，呵呵，迷人，就像蛇对兔子
做的那样，对吧？还有单纯，你让我感到好笑，哈哈，
单纯的人最后往往会变成罪犯。还有什么？勇敢？对，
勇敢！你又让我感到好笑了，要是我还能笑得出的话。
你在这场战争里究竟都做了些什么？竟然分不清什么
是无知，什么是勇敢？勇敢！我的天啊……[她站起身
来，在桌子边拍了拍屁股]就这样吧，我准备走了。

费利普 你对她太苛刻了！

阿妮塔 苛刻？我这会儿恨不得在她躺的床上扔
一颗手榴弹！跟你说实话吧，所有的一切我都试过了，
牺牲、放弃……你知道的，我现在有一种很健康的美
妙感觉，我什么都不在乎了。[她离场]

费利普 [冲着服务生]你看没看到一位国际纵队
的同志曾来这里打听过我？他名叫迈克斯，在脸上的

这个位置有一道疤痕，[他用手从嘴边一直划到下巴]并且掉了一颗门牙掉，牙龈也有点发黑，那是被别人拿烧红的烙铁烫出来的。哦，对了，这里还有一块伤疤。[他拿手指在下巴边上又比划了一下]你有见过这样一位同志吗？

服务生 不，没看到过。

费利普 如果有这样的一位同志来这儿，请麻烦让他到旅馆来找我。

服务生 哪一家旅馆？

费利普 他知道的！[他起身走出去，但是又回头看了一眼]告诉他我去外面找他了。

—落幕—

第三场

场景同第一幕第三场。

在佛罗里达旅馆相邻的109号和110号房间，窗外一片漆黑，窗帘拉得严严实实。110号房间内空无一人，而且还关着灯；109号房间则灯火通明，不管是桌子上的台灯还是天花板上的大灯和夹在床头的阅读灯，都打开着，就连电火炉和电灶也都开着。特洛西·布勒齐思从上到下穿着高领毛衣、粗花呢裙子、羊毛长袜和短马靴，正用一只长柄炖锅在电灶上做着什么。透过拉下来的窗帘，从远处传来了枪炮声。特洛西拉了拉铃，没有回音，她又拉了一次。

特洛西 唉，该死的电工！[她走到门口，拉开门大喊]帕塔拉！喂，帕塔拉？

[传来那个女仆走进楼道的声音，她走进门来]

帕塔拉 怎么了，小姐？

特洛西 那个电工在哪儿，帕塔拉？

帕塔拉 你还不知道吗？

特洛西 怎么了？不管发生了什么，他也应该过来把这该死的电铃修好！

帕塔拉 他来不了了，小姐！他死了。

特洛西 什么？你说什么？

帕塔拉 昨天晚上炮击的时候，他在外面被击中了。

特洛西 昨天晚上他出去了？

帕塔拉 是的，小姐。他喝了点酒，想回家，就出去了。

特洛西 啊，可怜的小个子男人！

帕塔拉 是啊，小姐，真是太可怜了！

特洛西 他是怎么被击中的，帕塔拉？

帕塔拉　据说是有人从一扇窗户里开枪打死了他。我也不大清楚，是别人告诉我的。

特洛西　谁会在窗户里开枪把他打死呢？

帕塔拉　在炮击的时候总会有人从窗户里开枪，是第五纵队的。那些人专门跟我们作对。

特洛西　可是……他们为什么要射杀他呢？他只是一个可怜的小个子工人而已。

帕塔拉　通过着装，他们应该能看出他是一名工人。

特洛西　当然了，帕塔拉。

帕塔拉　这就是为什么他们要打死他，他们是我们的敌人。即便是我，要是被打死了他们也会开心的，因为他们会认为这里又少了一个工作者。

特洛西　真是太可怕了！

帕塔拉　是的，小姐。

特洛西　但这未免也太恐怖了。你的意思是他们会射杀那些他们根本不认识的人？

帕塔拉　哦，是的，小姐！他们是我们的敌人。

特洛西　他们真是一伙恐怖分子！

帕塔拉　是的，小姐！

特洛西　那我们没了电工，该怎么办？

帕塔拉　我们明天会另找一个来。不过眼下他们

都关张歇业了。你最好不要开这么多灯，小姐，免得
保险丝被烧断。

[特洛西把所有的灯都关了，只留下床头的那盏阅
读灯]

特洛西　这样就可以了吧？但我不能继续煮东西
了，因为我看不清罐头上说的是不是需要加热，真是
太可怕了！

帕塔拉　你在煮什么，小姐？

特洛西　我不知道，帕塔拉，这上面连标签都没有。

帕塔拉　[看了一眼那只锅]看样子像是兔肉。

特洛西　看着像兔肉但没准儿是猫肉。但我不认
为会有人不怕麻烦把猫肉装进罐头里，然后从巴黎一
路运到这里来，对吧？当然了，这些罐头也许是在巴
塞罗那做的，然后被运到了巴黎，再被空运到了这里。
你觉得是猫肉吗，帕塔拉？

帕塔拉　如果是在巴塞罗那做的，你就更弄不清
楚那是什么了。

特洛西　我讨厌死这件事了。你来煮吧，帕塔拉！

帕塔拉　好的，小姐。我该放点什么进去？

特洛西　[拿起一本书，走到床头的小灯边上，舒
展开身体在床上躺下]放什么都行，随便再开一听吧。

帕塔拉　是给费利普先生做的吗？

特洛西　假如他要过来的话。

帕塔拉　费利普先生不是什么都爱吃的，如果是给他吃的话最好再加点东西进去。有一次他把整盘早餐都扔在了地上。

特洛西　为什么，帕塔拉？

帕塔拉　大概是因为他在报纸上看到了什么。

特洛西　嗯，很可能是艾登[1]。他讨厌艾登。

帕塔拉　他当时非常粗暴。我告诉他，他没有权利那么做。是的，他确实没有权利！

特洛西　接下来呢？他又做了什么？

帕塔拉　他帮我捡起了所有的东西，然后朝我这里拍了拍，[她在自己的后腰部比划了一下]趁着我弯下腰的时候，小姐。我不喜欢他住在隔壁房间。他可不像你这样有教养。

特洛西　但我爱他，帕塔拉！

帕塔拉　小姐，请你千万不要这样！你没有为他整理过整整7个月房间和床铺，你不了解他，他是个坏人！我并不是说他人品不好，但他的确算不上什么好人。

特洛西　这么说，他很糟糕喽？

---

[1] 曾任20世纪60年代英国首相的东尼·艾登，当时为外交大臣。

帕塔拉　不！不是糟糕，糟糕是邋遢。正好相反，他非常爱干净。他每天都洗澡，甚至是用凉水洗。即使在最冷的冬天，他也洗脚。但是，小姐，他就是不好！他不可能给你幸福的。

特洛西　但是，帕塔拉，他比任何人都更能使我开心啊。

帕塔拉　小姐，这说明不了什么！

特洛西　什么叫说明不了什么？

帕塔拉　在这里，基本上所有人都能做到。

特洛西　你们就是个只会吹牛的民族。我必须得听这一套关于征服者的说法吗？

帕塔拉　我只想说这里风气恶劣，就算是好人也会沾染上一些不良习气的。比如跟我结婚的那个人，是真正的好人，但也沾染上了一些坏男人的毛病。

特洛西　你是说，他们承认自己在外面有女人？

帕塔拉　不，小姐！

特洛西　[好奇地]那你的意思是……

帕塔拉　[伤心地]你猜的没错，小姐。

特洛西　我一个字也不相信！你确定费利普先生是这样的坏男人吗？

帕塔拉　[真诚地]他太不规矩了！

特洛西　哦，不知道他这会儿去哪里了。

[走廊里响起了一阵厚重的靴子声。费利普和3个国际纵队的同志走进了110号房间，费利普打开灯。费利普没戴帽子，浑身湿淋淋的，头发蓬乱。3个人中，那个脸上有疤的同志就是迈克斯。他们走进房间，迈克斯在桌子前面的椅子上反着坐下来，面对着椅背，把手和下巴都搭在了椅背上；他拥有一张迷人的脸。另外一个同志则把一把短筒自动来福步枪挎在肩膀上。还有一位有一把木壳长筒毛瑟军用手枪，正挂在他的大腿边上]

费利普 你们马上回走廊去，守着这两个房间，任何人要来见我都得由你们带着。楼下还有多少同志？

挎来复枪的同志 25个。

费利普 给你们108号房间的钥匙。[他把钥匙分别递给他们两个]让房开着，你们就站在门里面好了，这样就可以监视整条走廊了。不，你们最好还是拿一把椅子，坐在可以看到外面的地方。就这样！行动吧，同志们！

[两个人敬礼之后出去了。费利普走到迈克斯面前。他把手放在那人的肩膀上。观众们看到那个人显然已经睡着了一会儿了，但是费利普并没有发现]

费利普 迈克斯，[迈克斯醒过来望着费利普，笑了笑]真有那么糟糕吗，迈克斯？

[迈克斯看着他，再次微微一笑，并摇了摇头]

迈克斯 也许没那么糟。

费利普 那他什么时候能来？

迈克斯 在大规模炮击的晚上。

费利普 那么，他在哪儿？

迈克斯 在埃斯特雷马杜拉路尽头的一处屋顶上，那儿有个小塔楼。

费利普 我还以为他会去加拉维达斯呢。

迈克斯 我也是这样认为的。

费利普 那么，什么时候会开始更大规模的炮击？

迈克斯 今天晚上。

费利普 几点？

迈克斯 12点15分。

费利普 能肯定吗？

迈克斯 你应该看到了那些炮弹，全都被堆到外面了。他们是一帮马虎的士兵，要不是我的这张脸，我甚至可以一直待在那里，负责操控一门大炮了。没准儿他们还会请我做他们的参谋呢！

费利普 你在什么地方换的制服？我去那边找过你。

迈克斯　在卡拉万切尔的一所房子里。那一带有几百所无人居住的房子，光是我看到的就有104所，就在我们和他们的防线之间。我在那边活动完全没问题，士兵们都很年轻，要是碰上军官我就完蛋了。军官们一看我这张脸，就知道我是从哪里来的了。

费利普　那我们现在怎么办？

迈克斯　我想我们今晚就应该去，干吗要在这里干等？

费利普　路怎么样？

迈克斯　全是泥污。

费利普　你大概需要多少人？

迈克斯　你跟我俩人足矣，要么再另找一个人跟我一块儿去也行。

费利普　不，我亲自去！

迈克斯　那太好了！现在先去洗个澡怎么样？

费利普　没问题，去吧！

迈克斯　也许我还需要睡上一会儿。

费利普　那我们什么时候出发？

迈克斯　9点半。

费利普　好吧，你可以先睡上一觉。

迈克斯　到时你要叫醒我。

[他走进浴室。费利普走出房间，关上门，去敲

109号的房门]

  特洛西 [半躺在床上]进来！

  费利普 你好，亲爱的！

  特洛西 你好！

  费利普 你在煮东西吃？

  特洛西 我刚才是在做来着，但我烦了，不想做了。你饿吗？

  费利普 是的，很饿。

  特洛西 锅在那边，你去把炉子打开，一会儿就好了。

  费利普 你怎么了，布勒齐思？

  特洛西 你去哪儿了？

  费利普 出城了一趟。

  特洛西 出城干什么？

  费利普 随便转转。

  特洛西 你把我一个人留在这里一整天，自己却出去散心了。自从今天早上那个可怜的家伙被枪杀以后，你就把我留在了这里。我在这儿傻傻地等了你一整天，甚至都没人来看看我——除了布莱斯顿，而且还是个讨厌鬼，我只能请他离开。你究竟到哪儿去了？

  费利普 到处瞎溜达而已。

  特洛西 奇科特酒吗？

费利普　是的。

特洛西　那你肯定见到那个可怕的摩尔人了。

费利普　哦，是的，阿妮塔。她让我向你问好来着。

特洛西　她恶劣得让人无法接受，她的问候你还是自己留着吧！

费利普　[费利普拿盘子盛了一些炖锅里的东西，尝了尝]我说，这到底是什么呀？

特洛西　我不知道。

费利普　我是说这个非常不错！是你自己做的吗？

特洛西　[害羞地说]是的，你喜欢吃吗？

费利普　我竟然不知道你还会做饭！

特洛西　[小心地问]你说的是真心话吗，费利普？

费利普　当然！我说了很好吃！不过是谁教你把腌鲑鱼放进去的？

特洛西　哦，该死的帕塔拉！原来这就是她开的另一听罐头啊。

[敲门声，经理走进来。那个挎着自动来复枪的同志紧紧地抓着他的一只胳膊]

挎来复枪的同志　这个同志要见你。

费利普　谢谢你，同志。让他进来吧。

[挎来复枪的同志放开经理，向费利普敬了一个礼]

经理　绝对没出任何问题，费利普先生！我肚子饿的时候对香味格外敏感，刚才经过走廊，闻到了饭的香味，就停了下来，不料被这位同志抓住了。一切都很好，费利普先生。绝对没出任何问题，放心好了！祝您有个好胃口，费利普先生！也祝您有个好胃口，女士。

费利普　嗯，你来的正是时候，我刚好有些东西要交给你。快接着。[他用两只手把那个炖肉的长柄锅、盘子、叉子和勺子都递给了他]

经理　不，费利普先生，我不能接受。

费利普　集邮家同志，你一定得接受。

经理　不，费利普先生。[但他的手全接受了]我不能……你让我感动得快要哭了。绝对不可以，这也太多了。

费利普　就这样，不要再说了。

经理　你的慷慨把我的心都融化了，费利普先生。谢谢你，衷心地感谢你。[他走了出去，一只手端着锅，另一只手拿着盘子什么的]

特洛西　我很抱歉，费利普。

费利普　要是你不介意，我想来点威士忌兑白水。然后你帮我开一罐咸牛肉，切一个洋葱。

特洛西　可是，亲爱的，我受不了洋葱的味道。

费利普　　今天晚上那种味道打扰不了我们。

特洛西　　你的意思是你今晚不留下来？

费利普　　我必须出去。

特洛西　　哦，为什么？

费利普　　我需要跟手下的人在一起。

特洛西　　我明白了。

费利普　　你明白？

特洛西　　是，太清楚了。

费利普　　糟糕透了，对吧？

特洛西　　简直是可恶！一直以来你都在浪费你的生命，真是愚不可及！

费利普　　可是我正年轻，又大有前途。

特洛西　　本可以留下来共度良宵，你却偏偏要出去，太可恶了！

费利普　　没办法，这是本能，动物的本能。

特洛西　　可是，费利普，求求你，还是别去了。你可以在这儿喝点酒，然后做你想做的任何事情。我会高高兴兴地放唱片给你听，当然也会陪你喝一丁点，尽管我喝了会头疼。要是你喜欢热闹，我们可以再找一些人过来。大家一定会很享受的，费利普！

费利普　　过来吻吻我。［她把他搂进怀中］

特洛西　　而且别吃洋葱，费利普。要是你不吃洋葱，我会更爱你的。

费利普 好吧，我不吃洋葱。你有番茄酱吗？

[门口响起敲门声，挎着来复枪的同志和经理出现在门口]

挎来复枪的同志 这位同志又回来了。

费利普 谢谢你，同志。让他进来吧。

经理 我过来只是想跟您说，偶尔开个玩笑无伤大雅，费利普先生。有意思的玩笑让人愉快，[伤感地]但在目前这种情况下是不能拿食物开玩笑的，更不能糟蹋了。当然，要是您能认真想想的话，您就会觉得我这么说是有道理的。不过没关系，我愿意接受这个玩笑。

费利普 把这两个罐头也拿去吧。[他从立柜里拿出两听罐头给他]

特洛西 这是谁的牛肉？

费利普 哦，我猜应该是你的。

经理 谢谢你，费利普先生。现在我更觉得这是个好玩笑了，哈哈，很贵的，是的，是的。但是，谢谢你，费利普先生。也谢谢你，小姐。[他满意地走了出去]

费利普 你看，布勒齐思。[他用胳膊环抱着她]千万别介意，如果我今晚让你乏味的话。

特洛西　哦，亲爱的，我只想让你留下来。我希望我们今晚能享受一下家庭生活。这里非常好，我可以去收拾一下你的房间，让那里也变得温馨一些。

费利普　今天早上被我弄得更乱了。

特洛西　要是你想住在那里，我会收拾好它。你可以弄一把舒服的椅子和一个书架，然后再弄一盏阅读灯和几幅画。我这里已经整理好了，你今晚就住这儿吧，你瞧我这儿有多好。

费利普　明天晚上吧。

特洛西　为什么不能是今天晚上，费利普？

费利普　哦，今晚可不行。我得出去转转，找找人。另外，我还有个约会。

特洛西　什么时间？

费利普　12点15分左右。

特洛西　那完了你就回来吧。

费利普　嗯，好吧。

特洛西　你随时都可以进来。

费利普　真的？

特洛西　是的，随时。

［他把她环在臂弯里，用手指梳着她的头发，把她的头向后扳过去亲吻她。楼下传来欢呼声和唱歌声，随后你听到同志们开始唱《游击队之歌》。他们唱完

了整首歌，那是一支很好听的歌曲]

费利普 你简直无法想象这首歌到底有多美。

[这时，楼下的同志们又开始唱《红旗之歌》]

费利普 你听过这首歌吗？[现在，他跟她并肩坐到了床上]

特洛西 听过。

费利普 我所认识的那些最高尚的人都愿意为这首歌赴死。

[在隔壁房间，你可以看到那个脸上有疤的同志睡着了。当他们在说话时，他洗了澡，烘干了衣服，并敲掉了靴子上的泥巴，然后躺在床上睡下了。在他睡觉时，灯光照在他的脸上]

特洛西 [在床上，依偎着费利普]哦，费利普，求你了，费利普。

费利普 可你知道我今晚并不想做爱。

特洛西 [失望地]这样也好，也好！我只是想让你留下来享受一下家庭生活。

费利普 我必须得走了，真的！

[楼下的同志们正在唱《国际歌》]

特洛西 这支曲子总是在丧礼上演奏。

费利普 但有时人们在另外的时间也唱。

特洛西 费利普，求你别走。

费利普　[把她搂在怀里]不行，我真得走了。再见。

特洛西　不，求求你，别走。

费利普　敬礼，同志！[他并没有真的敬礼，而是走进了隔壁房间。楼下的同志们再次唱起《游击队之歌》]

费利普　[在110号房间看看睡在那儿的迈克斯，走过去把他推醒了]迈克斯！

[迈克斯立刻醒了过来，看了看他，又看了看直射的灯光，眨眨眼睛，然后笑了]

迈克斯　时间到了？

费利普　是啊。喝一杯怎么样？

迈克斯　[从床上折起身，面带笑容，伸手去摸他那双放在电炉前面烘烤的靴子]好啊！[费利普倒了两杯威士忌，伸手去拿凉水瓶]别兑水了，把酒都糟蹋了。

费利普　来，干杯！

迈克斯　干杯！

费利普　[费利普放下杯子]我们走吧！

—落幕—

[楼下的同志们仍在唱《国际歌》。幕落下去的时候，特洛西·布勒齐思正趴在109号房间的床上哭泣，哭得肩膀一抽一抽的]

第四场

同第三场景，时间是凌晨的4点30分。两个房间都漆黑一片，特洛西·布勒齐思正躺在床上熟睡。迈克斯和费利普从走廊里走过来，费利普拿出钥匙打开了110号房间的房门，然后把灯打开。他俩对视了一眼，迈克斯摇摇头。两个人浑身沾满了污泥，几乎认不出来了。

费利普 算了，下次再说吧。

迈克斯 我感到非常抱歉。

费利普 不是你的错，要洗个澡吗？

迈克斯 [耷拉着脑袋]你去洗吧，我太累了。

[费利普走进洗澡间，接着又出来了]

费利普 没热水了！我们冒着生命危险住在这个破地方就是为了热水，现在竟然没有热水。

迈克斯 [非常困地]对于这次失败，我真是太失望了。我本来认为他们一定会来的，可是……

费利普 快去睡觉吧。你真是个出色的侦查员。其实你很清楚，没有谁能完成你所做的那些事情……要是他们取消了这次炮击，并不是你的错。

迈克斯 [差不多已经精疲力竭]我实在太困了，

困得就像生病了似的。

费利普　快到床上去吧。[他帮坐在床上的迈克斯脱掉靴子和衣服，然后把迈克斯平放在床上]

迈克斯　这床可真舒服啊！[他抱住枕头，叉开两条腿]我喜欢趴着睡觉，这样早上就不会吓到别人了。

费利普　[从浴室出来]你自己睡吧，我到另一个房间去。[他走进浴室，里面传出哗哗的水声。之后，他披着浴袍出来，打开了两间房子中间的门，从那幅宣传画后面钻了过去，来到床边，上了床]

特洛西　[在黑暗中]亲爱的，已经很晚了吧？

费利普　大概5点。

特洛西　[哈欠连连地说]你去哪儿了？

费利普　我去找人了。

特洛西　[依然充满睡意]你约会完了？

费利普　[翻到了床的另一边，与特洛西背对着背]那人没出现。

特洛西　[非常困的样子，但仍想与费利普分享信息]今晚没有炮击，亲爱的。

费利普　很好！

特洛西　晚安，亲爱的。

费利普　晚安。[机关枪哒哒哒的声音突然从敞开的窗户外面传来。他们安静地躺在床上，然后费利普说]

睡着了吗，布勒齐思？

特洛西 [一副迷迷糊糊快睡着的样子]没有呢，亲爱的，如果你想……

费利普 我想要告诉你一些事情。

特洛西 [很困地]好啊，亲爱的。

费利普 我要告诉你两件事情。一件是我非常害怕，一件是我非常爱你。

特洛西 哦，可怜的费利普。

费利普 当我陷入恐惧时，我从未对谁说过我爱你，但我真的很爱你，懂吗？你听见我的话了吗？能感受到我对你的爱吗？

特洛西 为什么这么问？我一直都是爱着你的，而且你也确实很可爱。

费利普 其实在白天我不爱你，白天的时候我谁都不爱。听着，我也想说点什么。你愿意嫁给我，或者永远和我在一起，去任何我想去的地方吗？你听到我说的话了吗？你瞧，我总算说出来了。

特洛西 是的，亲爱的，我愿意嫁给你！

费利普 你瞧，我在夜里有多可笑，不是吗？

特洛西 我非常渴望能够跟你结婚，然后再通过努力过上幸福的生活。你知道我并不像自己说的那么愚蠢，不然我也不会到这儿来了。而且，当你不在家的时候，我也会工作的。我只不过是不会做饭而已，但你可以雇个佣人来做饭。唉，我就是喜欢你宽阔的肩膀，走起路来像大猩猩，另外还有一张好玩儿的脸。

　　费利普　当我最终完成了这件事，我的脸没准儿会变得更好玩儿。

　　特洛西　你的恐惧消除一些了吗，亲爱的？想对我说说吗？

　　费利普　哦，让它们见鬼去吧！这种恐惧已经跟随我很久了，要是有一天它们离我而去，我会很不习惯的。还是让我跟你说说另外一件事情吧。[他说得非常慢]我想跟你结婚，然后离开这个鬼地方，摆脱掉这儿的一切。这些话我对你说过吧？还记得吗？

　　特洛西　是的，亲爱的。有朝一日，我们一定可以这样的。

　　费利普　不，我们不会这样的。即便是夜里躺在床上，我仍然知道我们不会这样。但是我喜欢这么说。啊，我爱你！真是该死，真是该死！但我真的爱你。你在听我说吗？

　　特洛西　是的，亲爱的。我非常喜欢听你这么说。现在给我讲讲你的恐惧吧，讲出来也许就会过去的。

　　费利普　不，每个人都有自己的恐惧，我可不想将这份恐惧传递给你。

特洛西　那我们睡一会儿吧，我的大个子，我可爱的暴风雪。

费利普　快天亮了，我已经完全清醒。

特洛西　还是睡一会儿吧，拜托你了。

费利普　不，布勒齐思。不管之前我对你说了什么，现在天亮了。

特洛西　[很有感染力的嗓音]是的，亲爱的。不过，还是睡一会儿吧。

费利普　我不可能再睡了，布勒齐思，除非你拿榔头在我脑袋上猛敲一下。

—落幕—

第三幕

第一场

时间：5天后的一个下午。还是在佛罗里达旅馆的109号和110号房间。

背景同第二幕第三场，不同的是两个房间之间的门敞开着。费利普室内的那幅宣传画的下端在摆动，床边的床头柜上摆着一只插满菊花的花瓶，床右侧靠墙的位置放着一只书架，几把罩着印花棉布椅垫的椅子，窗户上挂着用同样材料做的窗帘，床上罩着用同样布料做的床罩。所有的衣服都整整齐齐地挂在衣架上，费利普的3双靴子全部都被用鞋油擦得锃亮。帕塔拉正把它们放进鞋柜。在隔壁的109号房间，特洛西正在镜子前试穿一件银狐披肩。

特洛西　帕塔拉，你过来一下。

帕塔拉 [放好靴子后，她挺直了瘦小羸弱的身子]
是，小姐。[帕塔拉转身出门，走向109号房间的正门，
一边敲一边开门，然后一脸惊异地将两只手握在了一
起]哦，小姐，真是太漂亮了！

特洛西 [看着镜子里自己的肩膀]不太舒服，帕
塔拉。也不知道他们怎么搞的，感觉有点别扭。

帕塔拉 看上去挺好的啊，小姐。

特洛西 不，领子有点不对劲。我的西班牙语说
得不好，没法跟那个傻瓜皮货商讲清楚，他就是个傻
瓜。

[走廊里传来脚步声，是费利普。他打开了110号
房间，朝里面看了一眼，然后进屋，脱去身上的皮夹
克随手扔到了床上，接着又把贝雷帽扔向了角落的衣
架。帽子掉在了地上。他坐在罩着印花椅套的椅子上，
脱下了靴子。他把滴答着水的靴子放在地板中间，又
站起身走到床边。他从床上拿起自己的皮夹克，把它
扔向椅子，然后顺势半躺在了床上，并从床罩下抽出
几只枕头垫在后背处，打开了阅读灯。他欠着身打开
了双门床头柜，伸手从里面拿出一瓶威士忌。床头柜
上放着一个凉水瓶，上面倒扣着一只玻璃杯。他拿起
那只玻璃杯，往里面倒了一点点威士忌，又抓起凉水
瓶，朝里面兑了些水。他左手端着酒杯，右手则伸到

书架上取下一本书，并靠在床头上躺了一会儿，一动不动，随后又耸耸肩，不舒服地扭了扭身子。最后，他从腰带下抽出一只手枪，把它放在身边，接着曲起膝盖，喝了第一口酒，开始看书]

特洛西　[从隔壁房间]费利普，费利普，亲爱的。

费利普　什么事儿，亲爱的？

特洛西　请到这边来，好吗？

费利普　今天我不过去了，宝贝儿。

特洛西　我想让你看一样东西。

费利普　[眼睛一直盯着书本]你把它拿过来吧。

特洛西　那好吧，亲爱的。[她站在镜子前，最后看了一眼披肩。她披着披肩显得非常漂亮，而且也看不出衣领有什么不合适的。她身披披肩骄傲地走进110号房间，并在费利普面前转了一圈，整个动作既雅致又优美，简直像个模特]

费利普　[一脸惊奇地]你从哪里弄来的？

特洛西　是我买的，亲爱的。

费利普　你买的？你拿什么买的？

特洛西　当然是西班牙币喽。漂亮吗？

费利普　[冷漠地说]很漂亮。

特洛西　你不喜欢它吗？

费利普　[仍然盯着披肩]非常漂亮。

特洛西　你怎么了，费利普？

费利普　没什么。

特洛西　你难道不希望我拥有一些漂亮的东西吗？

费利普　那是你自己的事情。

特洛西　可是，亲爱的，这个非常便宜，才花了1200比塞塔。

费利普　在国际纵队里，这是一个人120天的薪水。想想吧，那可是4个月啊。我还没见过有谁可以在前线待4个月而不受伤或者不死去的。

特洛西　可是，费利普，这跟国际纵队没有一点关系。这些钱是我在巴黎用1美元兑50比塞塔换来的。

费利普　[冷冷地]是吗？

特洛西　确实如此，亲爱的！再说了，这些钱都是我的，只要我乐意，为什么不能买狐皮呢？它们就摆在橱窗里，总会有人买的，而且一张狐皮还不到22美元。

费利普　真是好极了！一共有多少张狐皮？

特洛西　大概12张吧。唉，费利普，别生气了。

费利普　你在这场战争中发了不少财吧？你是怎么把西班牙币偷带进来的？

特洛西　我把它们放在了一只默牌罐子里。

费利普　默，啊，默。真是个好词，不是吗？就这么"默"着"默"着，你就把这笔钱的铜臭味都洗掉了，对吧？

特洛西　费利普，你也太道貌岸然了吧。

费利普　我在经济方面是有底线的。我可不认为什么默牌或太太小姐们用的另一种可爱的东西，就能把那些从黑市上搞来的西班牙币漂白。

特洛西　费利普，要是你继续对这件事耿耿于怀，我就会从你身边离开！

费利普　好啊！

[特洛西抬脚往外走，但到了门口又转过身来]

特洛西　[恳切地说]别再为这件事生气了，好吗？你只需换个角度，就会为我拥有这样一件可爱的披肩而感到高兴的。你知道在你进来之前，我在想什么吗？我在想，如果我们此刻身在巴黎会做些什么？

费利普　巴黎？

特洛西　是的，巴黎。想想看吧，那时天渐渐黑了下来，我在利兹饭店的包间和你约会。我就是披着这条披肩，坐在那里等你。你进来了，穿着一件双排扣的卫兵大衣，非常潇洒，而且还戴着一顶礼帽，握着一支手杖。

费利普　你一直在看那本名叫《老爷》的美国杂

志？你不应该看那上面的文字，你应该只看图片。

特洛西　然后呢，你要了一杯兑裴丽雅矿泉水的威士忌，我点了一杯鸡尾酒。

费利普　我可不喜欢那些。

特洛西　你说什么？

费利普　我是说你讲的这个故事。你要是喜欢做白日梦的话，请别把我扯进去，好吗？

特洛西　不就是闹着玩嘛，亲爱的，何必认真呢？

费利普　好吧，不过我再也不想闹着玩了。

特洛西　但你以前玩过的啊，亲爱的。而且还玩得不亦乐乎。

费利普　以后就算了。

特洛西　可是，我们不是朋友吗？

费利普　哦，朋友，是的，在战争中，你需要跟各种各样的人交朋友。

特洛西　亲爱的，求你别再说了，难道我们不是情人吗？

费利普　哦，当然，当然是了，为什么不是呢？

特洛西　我们不是要一起离开，摆脱这个鬼地方，快快乐乐地生活吗？就像你总是在夜里对我说的那样。

费利普　不，那种情况永远也不可能发生。你不要相信我在夜里说的，我在夜里总是撒谎。

特洛西　但我们为什么就不能去做你在夜里所说的那些呢？

费利普　因为现在我不能去继续跟你在一起好好地过日子，快乐地生活了。

特洛西　可是……为什么？

费利普　因为……主要是……我发现你太忙了，而且跟其他事情相比，这又不是那么重要。

特洛西　可你也从来没闲着啊？

费利普　[他发现自己说得太多了，但还得继续往下说]是的，但等这一切结束了，我得去上一堂纪律课，彻底改掉我已经染上的无政府主义恶习。我也许会被派遣回国做先锋队的工作，或诸如此类的事情。

特洛西　我无法理解。

费利普　是的，是的，你永远也无法理解。这就是我们不能继续待在一起，好好过日子的理由。

特洛西　太可怕了，简直比"骷髅头和骨头"还可怕。

费利普　什么意思？什么是"骷髅头和骨头"？

特洛西　一个神秘组织，我认识的一个人曾经加入过他们，幸亏我还有些理智，没有嫁给他。他们会在你结婚之前把一切都告诉你，并把你也吸纳进去。当他们告诉我的时候，我就把婚约取消了。

费利普 嗯，看来是个很不错的例子。

特洛西 可是，难道我们就不能这样继续下去吗？只要我们彼此拥有，即使不能永远在一起，也可以平心静气地享受眼前的一切。

费利普 要是你喜欢这样的话。

特洛西 我当然喜欢。[她已经从门口走回。在两个人说话时，她一直站在床边。费利普抬头看她，接着站起来，把她搂进怀里，随即又把她连同那件银狐披肩一起抱起来放在了床上]

费利普 它摸上去又细又软。

特洛西 而且一点儿臭味也没有，对吧？

费利普 [他把脸埋进她的狐皮里]嗯，没错，一点儿也不臭。你披着它的样子确实很可爱。我爱你，我什么都不在乎了，我说到做到。可是……现在才下午5点半。

特洛西 我们拥有它就应当及时享受它，对吧？

费利普 [一点愧疚也没有]这些狐皮的感觉真是太好了，我很高兴你买了它们。

[他紧紧地搂着她]

特洛西 我们既然拥有它，就应该享受它。

费利普 对，让我们享受它吧！[有人敲门，门把转动起来，迈克斯走进门来。费利普从床上下来。

特洛西仍然坐在床上]

迈克斯　但愿我没有打扰到你们。

费利普　没有，一点也没有！迈克斯，这是一位美国同志，布勒齐思。这位是迈克斯同志。

迈克斯　敬礼，同志。

[他走到特洛西仍然坐着的床边，伸出手来。特洛西和他握了握手，随即将脸转向了别处]

迈克斯　你现在忙吗？

费利普　不，一点不忙。你想喝一杯吗，迈克斯？

迈克斯　不了，谢谢。

费利普　[讲西班牙语]有新的消息了？

迈克斯　[讲西班牙语]是的。

费利普　你不想喝一杯吗？

迈克斯　不了，谢谢。

特洛西　不打搅你们了，我走了。

费利普　你没必要离开。

特洛西　我等会儿再来。

费利普　那好吧。

迈克斯　[看到她要出去，非常有礼貌地]敬礼，同志。

特洛西　敬礼。[她把两个屋子中间的门关上，然后从正门出去了]

迈克斯　[只剩下他们两个的时候]她是我们的同志吗？

费利普　不是。

迈克斯　但你在介绍她时说她是同志。

费利普　只是一种称呼而已。在马德里，你可以称任何一个人为同志，因为大家都在为同一个目标而工作。

迈克斯　这样叫可不太好。

费利普　对，我也觉得不大好。好像有一次我也是这么说的。

迈克斯　刚才你是怎么称呼她的？布勒齐思？

费利普　对，布勒齐思。

迈克斯　你对她是认真的？

费利普　认真？

迈克斯　是的，你知道我在说什么。

费利普　我可不想这么说。她甚至是滑稽可笑的，在某些方面。

迈克斯　你花不少时间陪她吧？

费利普　不多，也不少。

迈克斯　花谁的时间？

费利普　我自己的时间。

迈克斯　一点也没占用党的时间？

费利普　我的时间其实就是党的时间。

迈克斯　我说的就是这个意思。我很高兴你这么快就能想到这一层。

费利普　是的，我理解起来是挺快的。

迈克斯　请不要无缘无故地发火。

费利普　我没发火，只是觉得我不该做个该死的和尚。

迈克斯　费利普同志，你根本不像一个该死的和尚。

费利普　真的吗？

迈克斯　也没人指望你去当一个和尚——从来就没有。

费利普　是的。

迈克斯　我只关心我们的工作，怕她打搅了你。她是从哪儿来的？背景是什么？

费利普　你去问她啊。

迈克斯　你这么一说，我觉得还真有必要去问一问她了。

费利普　难道我没按规矩办事儿？有谁抱怨了吗？

迈克斯　现在有了。

费利普　谁抱怨了？

迈克斯　是我在抱怨。

费利普 哦，是吗？

迈克斯 是的。我本该在奇科特酒吧和你碰面。要是你不在那里，你至少应该给我留个话。我准时到了奇科特，但你却不在，也没留话。我就来这里找你，却看见你正抱着一大堆银狐皮。

费利普 难道你从来没有需求吗？

迈克斯 在我闲下来又不太累的时候，我会去找一个多少能给我一点安慰的人，但她总是躲着我。

费利普 那么，你随时都有这样的需求吗？

迈克斯 当然，我又不是圣人。

费利普 可你的确是圣人啊。

迈克斯 也许吧，但是有时不是，不过我总是很忙。好了，还是让我们谈点别的吧。今晚我们必须再去一趟。

费利普 好的。

迈克斯 你想去吗？

费利普 迈克斯同志，我同意你关于这姑娘的看法，但请你不要侮辱我，更不要在工作上盛气凌人。

迈克斯 这姑娘……她没什么问题吧？

费利普 是的，没问题。或许她对我的影响不好，而且就像你所说的，我可能确实是在浪费时间，但她绝对是个正派的人。

迈克斯　那好吧。但你得知道，我可从来没有见过那么多的狐皮。

费利普　她是个十足的大傻瓜，但她的确像你我一样正派。

迈克斯　你现在还正派吗？

费利普　我希望是这样。不过当你不再正派时，会表现出来吗？

迈克斯　哦，倒也是。

费利普　那么，我看起来怎么样？〔他站在镜子前面注视着自己。迈克斯看着他，慢慢地笑了起来，跟着点了点头〕

迈克斯　在我眼里，你还是那样正派。

费利普　你还想去隔壁盘问她的背景吗？

迈克斯　不。

费利普　她和那些从美国来的姑娘们有着差不多的背景。她们都上过大学，家里有点钱，只不过与以前相比有的人钱变多了，有的人钱变少了，但一般都是钱变少了。她们有自己的抱负，在欧洲交男朋友、谈恋爱、打胎，然后再交男朋友、谈恋爱、打胎，直到结婚，过安定的生活；或者不结婚过安定的生活。她们会开店或在店里工作，有些人写作，有些人玩音乐，有些人则进入演艺界做了电影演员或走上了舞台。

她们有个名叫"青年女子联盟"的组织，这应该是那些没结婚的姑娘们相互交流、相互帮助的场所，不过全是公益性的。而我们的这位是写作的，并且写得很不错，当然是在她不偷懒的情况下。你可以让她亲口告诉你更多情况，只要你愿意。不过说实话，这多少有些无聊。

迈克斯　算了，我一点兴趣也没有。

费利普　我还以为你很感兴趣呢。

迈克斯　不。我考虑过了，一切全交给你去办。

费利普　什么全交给我去办？

迈克斯　关于这姑娘的一切，你去处理，也应该由你处理。

费利普　我没多大的信心。

迈克斯　我有。

费利普　[苦笑着]我有时真是烦透了，很厌倦现在的生活，甚至憎恨它。

迈克斯　当然，当然。

费利普　是的，你现在却让我抛下这一切。是我杀了那个倒霉的年轻人——威尔金森，就是因为我的疏忽大意。千万别跟我说不是这么回事儿。

迈克斯　你现在有点不理智了。不过你当时确实不够谨慎，你不应该那样的。

　　费利普　这完全是我的过失，是我把他留在那儿的。把他留在我的房间，坐在我的椅子上，却没有关房门。我没打算把他用在那个地方的。

　　迈克斯　你不是有意把他留在那儿的。既然事情已经过去了，就没必要再想它了。

　　费利普　不，那正是疏忽大意的结果。

　　迈克斯　无论如何，就算他当时逃过了一劫，后来也有可能会牺牲的。

　　费利普　哦，当然。这样就可以让事情变得无可指责，对吗？这实在是太他妈的令人满意了！我还真没这么想过。

　　迈克斯　费利普，我之前也见过你像现在这样情绪低落。我相信你会好起来的。

　　费利普　是啊，但你知道我好起来后会怎样吗？我会喝上一打威士忌，然后去找个婊子。这是你认为我好起来的样子吗？

　　迈克斯　不是。

　　费利普　我实在对这一切都烦透了！你知道我最想去哪儿吗？去像维埃拉的圣特罗佩的那种地方，早上起床后闻不到任何战争的血腥，只有一杯加牛奶的咖啡，以及涂上新鲜草莓酱的奶油鸡蛋卷和火腿，全都放在盘子里。

迈克斯 还有这个姑娘。

费利普 对，这个姑娘。你他妈的真说对了，还有一大堆银狐皮什么的。

迈克斯 我告诉过你，她对你不会有帮助的。

费利普 未必，她对我或许会有些好处。我干这一行太久了，现在真他妈的厌倦了。我厌倦了所有的这一切。

迈克斯 你这么做是为了让所有人都能吃上这样的早餐，你这么做是为了让人不再挨饿，你这么做是为了让人们不再担心生老病死！只有这样，他们才可以有尊严地工作和生活，而不至于像个奴隶似的。

费利普 当然，当然，这些道理我是明白的。

迈克斯 你要是真明白这些，就算有点儿疏忽，也是可以理解的，谁能不犯错误呢？

费利普 但这次是个非常大的错误，而且我有这个毛病已很久了。自从认识了这个姑娘，我不敢确定它究竟会对我产生怎样的影响。

[一发炮弹呼啸而来，在街上爆炸，紧接着传来一个孩子的尖叫声，最初是高声，然后声音变得短促、尖锐，并渐渐微弱。接着传来人们在街上奔逃的声音。又一发炮弹呼啸而至。费利普打开了窗户。炮弹过后，又传来人们奔跑的声音]

迈克斯　你干这一行就是为了终止这一切。

费利普　真他妈的下流！他们计算好了时间，故意在电影院散场时开炮。

迈克斯　你听见了吗？你所做的一切是为了整个人类，是为了这些孩子，甚至是为了那些猫狗。现在，去跟你的女朋友待一会儿吧，她应该很需要你。

费利普　不，让她自己承受吧，她有那些银狐皮呢。让这一切见鬼去吧！

迈克斯　不，你快去吧，她真的需要你。[又飞来了一发炮弹，呼啸着响了很久，然后当街爆炸。但这次没有奔跑声和吵杂声]我也好在这里躺一下，赶快过去吧。

费利普　好吧，就听你的，你怎么说我就怎么做。[他走向房门，把门打开。又一发炮弹飞来，嗖嗖地响了好一阵儿，最终落在地上，爆炸开来。这次离旅馆比较远]

迈克斯　这仅仅是个小规模炮击，大的要等到晚上才来。

费利普　[打开了隔壁房门。隔着房门，传出了他单调的嗓音]嗨，布勒齐思，你好吗？

—落幕—

第二场

在通往埃斯特雷马杜拉区的马路的尽头，有一所被炮火击中的房屋，那是一处炮火观察哨。

观察哨设在一座塔楼内，这是一栋曾经十分辉煌的建筑，一架梯子替代了原先的盘旋式楼梯，直接通向哨所。原来的楼梯已被炮火摧毁，正扭曲地挂在一旁。塔楼的顶端是一处面向马德里的观察哨。此刻正值晚上，堵着窗户的沙袋已被搬开，从窗户往外望是一片漆黑，什么也看不见，因为马德里的灯火已全部熄灭。哨所的墙上挂着大比例尺的军用地图，上面用彩色的图钉和胶带标着一些目标。在一张普通的桌子上，放着一部野战军用电话。右侧的墙体上有一处狭窄的洞，支着一台德式特大型测距仪，旁边放着一把椅子。另一处墙洞则支着一台普通大小的双筒测距仪，底座旁边也有一把椅子。屋子右边还有另一张普通桌子，上面也有一部电话。梯子下面站着一个哨兵，右肩挎着一支上着刺刀的来复枪。在顶部的那间屋子里，还有另一名哨兵。楼层的高度几乎与哨兵相当。幕布拉起时，两名哨兵正站在他们的岗位上。两名信号员则伏在较大的那张桌子前。

幕布完全升起后，观众看到一辆汽车的灯光正明晃晃地照在塔楼的梯子上。灯光越来越耀眼，刺得梯子下面的哨兵几乎睁不开眼睛。

哨兵　把灯关掉！[灯光却仍然亮着，用几乎能刺瞎人眼的强光，把那个哨兵照得通体发亮。他举起来复枪，瞄准车灯方向，"咔嚓咔嚓"地拉着枪栓]快把灯关掉！

[他说得异常缓慢、清晰、凶狠，让人感觉他一定会开枪的。车灯熄灭，有3个人从位于舞台边的汽车里走出来，其中两个穿着相同的军官制服，一个高壮，一个瘦小。那个小个子打扮得很优雅，穿着一双锃亮的马靴，被高个子手中的手电筒照得闪闪发光。还有一位文官，紧紧地跟在两位军官身后。他们从左边走上舞台，走近了梯子]

哨兵　[喊出口令的上半句]胜利……

瘦小军官　[厉声厉气和藐视地]属于应得的人们。

哨兵　通过。

瘦小军官　[冲着文官]从这儿爬上去。

文官　我来过这里。

[于是3个人爬上了梯子。楼顶上的哨兵看见那个高壮军官的帽徽，便举枪敬礼。两名信号兵仍坐在电话旁，动也不动。高壮的军官走向桌子，后面跟着那

个文官和穿着光亮马靴的军官，显然他只是副官]

高壮军官 这两个信号兵是怎么回事？

副官 [冲着信号兵]你们是怎么回事？快起来，立正！

[信号兵无精打采地站起来立正]

副官 稍息。

[信号兵坐下，那个高壮的军官开始研究墙上的地图。文官则通过测距仪往外看着，但在黑暗中他什么也看不清]

文官 炮击是定在半夜吗？

副官 [冲着高壮的军官]什么时候开始炮击，长官？

高壮军官 [带点德国口音]你的话太多了！

副官 对不起，长官！请您看一下这些。[他递给高壮长官一沓由打字机打印好的命令。高壮军官接过来扫了一眼，又把文件还给了他]

高壮军官 [用深沉的嗓音]我很清楚这些，都是我写的。

副官 是的，长官。我想您可能希望亲自核实一下。

高壮军官 我早核实过了。

[其中一部电话的铃声响起。桌旁的信号兵拿起电

话来]

信号兵　是的。不，好的，好的。[他向高壮军官点头示意]您的电话，长官。

高壮军官　[拿起电话]喂，是的。没错。你是个傻子吗？按命令执行！齐射就是齐射，废什么话？[他挂上话筒，看看自己的表。冲着副官]你的表这会儿几点了？

副官　差1分12点，长官。

高壮军官　我真是在跟一群笨蛋打交道。在这儿根本谈不上指挥，要军纪没军纪，要服从没服从。见到一位将军进来，信号兵们连站都不愿站起来，而炮兵队长却一再要求解释命令，真是活见鬼了！你刚才说是几点了？

副官　[看一下自己的表]差30秒12点，长官。

信号兵　炮兵部队打来了6次电话，长官！

高壮军官　[点燃一支雪茄]什么时间了？

副官　差15，长官。

高壮军官　什么差15？

副官　差15秒12点，长官。

[正在这时，枪声响起。这声音和炮弹的声音全然不同，先是一阵尖利的嘭、嘭声，就像在扩音器前猛烈地敲打一面铜鼓，随后是嗖、嗖、嗖的声音，这是

一发发炮弹飞射出去时的声响，紧接着远处传来阵阵爆炸声。另一支位置较近的炮兵部队也开始了射击，声音更响，接着所有炮兵部队全都急促地发射起来，"砰砰砰"的发射声夹杂着炮弹在空中的呼啸，震撼了整个舞台。透过敞开的窗户，观众可以看到被炮火点亮的马德里的天空。高壮军官站在那台大型测距仪前，文官站在双筒测距仪前。副官则从文官的肩膀后面伸着脑袋向前观望]

文官　啊！上帝，多么美妙的景致啊！

副官　这帮马克思主义的杂碎，今晚不死一大批才怪。这回必须直捣他们的老巢。

文官　看上去真是太棒了。

将军　[他的眼睛并没有从测距仪上移开]你们满意吗？

文官　实在是太妙了，这样能持续多久？

将军　先给他们来上1个小时，然后停火10分钟，接着再来15分钟。

文官　炮弹不会落在萨拉曼卡区吧？我们的人几乎全在那边。

将军　会有一些落在那边。

文官　什么？怎么会这样？

将军　那是西班牙炮兵部队出的错。

文官 为什么要用西班牙炮兵部队？

将军 西班牙炮兵部队可不像我们这般优秀。[文官没再说话。炮兵部队继续射击，但已经不像刚才那样频繁。突然传来一阵炮弹飞过来的嗖嗖声，紧跟着是一阵巨大的爆炸声。显然是一发炮弹落在了观察哨附近]哈，他们开始还击了。[此时，观察哨里没有灯光，只有炮火的闪光和梯子下面哨兵抽烟时发出的一点点红光。只见香烟的红光在黑暗中忽然划出了一段弧线，紧跟着传来哨兵倒在地上时沉重的声响。而另外一枚炮弹也以同样急促的呼啸声飞过来，在爆炸的闪光里观众看到有两个人正在爬上梯子。]

将军 [站在测距仪前]马上给我接加拉维达斯。

[信号兵打电话，之后又打一次]

信号兵 对不起，长官，电话线断了。

将军 [对另外一名信号兵]快给我接师部。

信号兵 我没有电话线，长官。

将军 那就赶快派人去追踪线路故障，笨蛋！

信号兵 是，长官！[他在黑暗中站起身来]

将军 那个哨兵怎么可以吸烟？这算什么军队，是《卡门》里的合唱队吗？[在梯子顶端，那位哨兵嘴里点燃的香烟划出了一道长长的抛物线，像是被抛到了远处，紧接着是一个人倒下时发出的重重的倒地

声。一道手电的光照亮了测距仪边上的3个人和两个信号兵]

费利普 [从梯子顶端一扇敞开的门里用低沉的嗓音平静地说]举起你们的双手！别逞能，不然让你们脑袋开花！[他手握一支自动来复枪，这是刚才他登梯子时挂在肩膀上的]我说的是你们5个！叫他们全都待到边上去，你这个胖杂碎！

迈克斯 [右手握着手榴弹，左手拿着手电]你们谁敢吱一声，或者动一下，就全都死定了，听到没有？！

费利普 你想要哪一个？

迈克斯 只要那个胖子和文官。把其他人的嘴都封起来。你带胶布了吗？

费利普 [用俄语回答]带了。

迈克斯 你们要知道，我们都是俄国人。在马德里到处都是俄国人！快，同志，快用胶布封住他们的嘴，在我们离开前要把这东西扔在这里。你看，保险已经拔掉了！[大幕落下之前，费利普握着自动来复枪朝着那帮人走去。在手电的光柱中，他们个个脸色煞白。炮兵部队还在射击。从屋子下面的地面上传来一声叫喊——"快把灯灭掉！"]好的，士兵，就一分钟！

—落幕—

第三场

　　大幕徐徐升起，在同第二幕第一场一样的保安局总部的一间屋子里，治安委员安东尼正坐在桌子后面，费利普和迈克斯则满身泥污，衣服也破烂不堪，分别坐在两把椅子上。费利普仍旧背着那支自动来复枪。从观察哨抓来的文官弄丢了他的贝雷帽，他的军用雨衣的背面也被撕成两片，一只衣袖耷拉了下来。此刻，他正站在桌子前，面对着安东尼，左右两边则各站了一名突击队员。

　　安东尼　[冲两名突击队员]好了，你们走吧！[两个人行了军礼，挎起来复枪，从右边退下][冲着费利普]另外那个人呢？

　　费利普　回来的时候给弄丢了。

　　迈克斯　他太重了，而且还不愿意走路。

　　安东尼　真可惜，本来他是个很难得的俘虏。

　　费利普　这种事不可能干得像电影里那样。

　　安东尼　话虽这么说，但我还是希望能把他弄到手！

　　费利普　要不我画一张地图，你派人过去找找看？

安东尼 真的？

迈克斯 他是个军人，永远也不会开口的。我也很想审问他，但这样做没一点用处。

费利普 等我们把这里的事情处理完，我给你画一张草图，你可以派人去找他。但是没人能搬得动他。我们把他留在了一个很合适的地方。

文官 ［歇斯底里地喊道］他们在撒谎，他们把他杀了！

费利普 ［轻蔑地］闭嘴，行吗？

迈克斯 我向你保证，他永远也不会开口的，我很了解他这种人。

费利普 你知道的，我们原本也没有期待能一下子抓俩回来；更要命的是另外一个尺码太大了，到后来他竟然不想走了，还摆出一副静坐的样子。我不知道你是否在夜里去过那里，那里有两三个地方特别难走。所以，你应该明白，我们当时没有选择的余地。

文官 ［歇斯底里］所以你们就杀了他！我亲眼看见你们这么做的。

费利普 你还是安静点吧，好吗？没有谁想征求你的意见。

迈克斯 你还需要我们吗？

安东尼 不需要了。

迈克斯　我想我应该走了。我不怎么喜欢做这种事，之后回忆起来负担太重了。

费利普　你还需要我吗？

安东尼　也不需要。

费利普　你根本不用担心，你能得到你想要的一切——什么名单啊，地点啊等等，全都在这家伙的脑袋里。

安东尼　很好。

费利普　你也用不着担心他不肯开口，这家伙可是个话痨。

安东尼　他是个政客。是的，我倒是跟不少政客聊过天。

文官　[歇斯底里]你们永远也别想让我开口！永远！永远！永远！

[迈克斯和费利普对视了一下，费利普咧开嘴笑了]

费利普　[非常冷静地]你现在就在开口啊，难道你没注意？

文官　不！不！

迈克斯　如果没什么问题，我得走了。[他站起身来]

费利普　我想我也该走了。

安东尼　你们难道不想留下来听听吗？

迈克斯　拜托，不想。

安东尼　会非常有意思的。

费利普　关键是我们累了。

安东尼　真的会非常非常有意思的！

费利普　我们明天再来。

安东尼　我劝你们还是留下来听听。

迈克斯　还是算了吧。如果你不介意的话，权当是帮我们一个忙好了。

文官　你们想把我怎么样？

安东尼　不怎么样，只是觉得你应该回答几个问题。

文官　你们趁早死了这条心吧，我永远不会开口的。

安东尼　哦，不，你绝对会开口的，我保证。

迈克斯　拜托，拜托，我真得走了。

—落幕—

第四场

场景同第一幕第三场一样，不过时间是黄昏时分。大幕升起，观众看到两间卧室，特洛西·布勒齐思的那间屋子漆黑一团，费利普的屋子则开着灯，拉上了窗帘。费利普脸朝下趴在床上，阿妮塔坐在床边的一把椅子上。

阿妮塔　费利普！

费利普　［不转身也不看她］怎么了？

阿妮塔　请问，费利普。

费利普　你想问什么？

阿妮塔　请问威士忌在哪儿？

费利普　在床下。

阿妮塔　谢谢！［她往床下扫了一眼，接着半个身子爬到了床底下］没有啊。

费利普　那就再去衣柜找找。难道又有人来这儿打扫过了？

阿妮塔　［走到衣柜前面，打开柜门。她仔细地往里看］全都是空瓶子。

费利普　你倒真像个小侦察兵。过来吧。

阿妮塔　我只想找一瓶威士忌。

费利普　再去床头柜里看看。

［阿妮塔走到床头柜旁边，打开柜门，终于拿出了一瓶威士忌，然后进浴室找了一只玻璃杯，倒出了一点威士忌，并从床边的凉水瓶中倒了一些水搀进酒中］

阿妮塔　费利普，快喝了它，你会感觉好点的。

费利普　[坐起来，看着她]嗨，黑美人儿，你是怎么进来的？

阿妮塔　用旅馆的备用钥匙开的门。

费利普　哦。

阿妮塔　见不到你的人影，我非常担心，就到这儿来了。他们说你在房间，但我敲门也没有回应，再敲，还是没回应。我就让他们用备用钥匙给我开了门。

费利普　他们照办了？

阿妮塔　我跟他们说是你让我来的。

费利普　我叫你了吗？

阿妮塔　没有。

费利普　即便这样，但你能来说明你很贴心。

阿妮塔　费利普，你还跟那个高个子金发女人在一起吗？

费利普　我不知道，我也有些迷惑了。事情看上去越来越复杂了，每当夜幕降临，我就会向她求婚；可是第二天天一亮，我又会告诉她我不是那个意思。我也在想，事情不能再这样下去了，绝对不能。

[阿妮塔坐到他身边，拿手轻轻地抚了一下他的头，并向后梳了梳他的头发]

阿妮塔　你感觉很不好，对吧？我明白。

费利普　给你说一个秘密吧。

阿妮塔　好啊。

费利普　我从没有感觉到这样难受过。

阿妮塔　我还以为你要告诉我你是怎样把第五纵队的成员全抓了呢。

费利普　我没有全抓到他们，只抓了一个。那是个令人憎恶的家伙。

[有人敲门，是旅馆的经理]

经理　要是打扰了您，我感到很抱歉……

费利普　少废话，有什么事儿就直说，有女士在这儿呢。

经理　我只是想看看有没有什么问题。您知道的，万一您不在或管不了的时候，年轻姑娘们有时会做出一些出格的事情。但最主要的，是我想用最诚恳、最热烈的词对您的工作表示祝贺，今天晚报上登了，一共逮捕了300个第五纵队成员。

费利普　哦，都上报了？

经理　是的，报上还登出了那些参与了枪杀、蓄意策划暗杀以及私通敌人的被捕者的详细情况和各种趣事。

费利普　趣事？什么趣事？

经理　不，那是个法语词汇，D-E-L-I-T-S，意思是不法行为[1]。

费利普　哦，你说的这些都上报了？

经理　绝对的，费利普先生。

费利普　那……跟我有什么关系？

经理　嗨，大家都知道您参与了这项活动。

费利普　大家？那大家是怎么知道的？

经理　[责备地]费利普先生，这里是马德里。在马德里，人们常常在事情尚未发生时便知道了；而在事情发生后，人们所讨论的往往只是这事儿究竟是怎么干成的。我现在向您表示祝贺，只不过是想赶在那些不满分子抨击您之前，他们肯定会说"啊哈，才捉了300人？其他的那些呢？"

费利普　别太悲观了。不过，我想我应该离开了。

经理　是的，恰巧我也想到了这点，因此我过来想给您提个小小的建议，希望能有一个完美的结果。如果你要离开，把罐头当行李带走显然是没有价值的。

[又有人敲门，是迈克斯进来了]

迈克斯　敬礼，同志们。

全体　敬礼。

费利普　[对经理说]你快走吧，集邮家同志。我

---

[1] 经理把这个词读成了英文中的"delights"，意思是"趣事"。

们回头再谈你的建议。

　　迈克斯　［冲着费利普，说的是德语］你这两天怎么样？还好吧？

　　费利普　不，不太好。

　　阿妮塔　我可以去洗个澡吗？

　　费利普　当然可以，亲爱的。但你得把门关好。

　　阿妮塔　［在浴室里］水是热的，太棒了！

　　费利普　不错，这是个好兆头。请关上门。

　　［阿妮塔关上了浴室的门，迈克斯走到床前，坐在了椅子上］

　　费利普　［从床上坐起，将两条腿耷拉在床边］想喝点什么吗？

　　迈克斯　不用了，费利普同志。你当时在场吗？

　　费利普　哦，是的。我一直都在那儿，整个过程一点也没错过。你知道的，他们想了解一些情况，非得把我叫回去。

　　迈克斯　他怎么样？

　　费利普　很成功。但是刚开始每隔一会儿才会说出来一点。

　　迈克斯　后来呢？

　　费利普　是的，到最后他很快便说了，甚至连速记员都来不及记。

迈克斯　[忽略这些]我看到报纸上登出了逮捕人的消息，他们为什么要发表这些？

费利普　我也很纳闷儿。我真想去揍他们一顿。

迈克斯　他们可能觉得这对提高士气会有帮助，但如果能把所有人都逮住岂不是更好？他们还是搞到了……那具……

费利普　哦，对，你是说那具尸体吧？他们在我们丢下他的那个地方找到了他。安东尼把他放在角落里的一把椅子上，我甚至还为他点了一支烟，真是太好玩儿了。当然，那支烟很快就熄灭了。

迈克斯　我很高兴没有在那儿待下去。

费利普　我留了下来，后来又走了，但不久又回去了，然后我又走了。他们叫我回去的，一个小时前我还在那儿，现在总算是回来了。今天的任务完成了，没事了，但明天又会有新的任务。

迈克斯　说实话，我们的任务完成得真不赖。

费利普　是的，这件事我们干得非常漂亮，简直是完美。也许网上还有几个破洞，让许多被网住的鱼又跑掉了，但是他们可以重新撒网。但你得把我派到别的地方去，因为这里了解我的人太多了，我在这儿已经没法工作了。我从没有告诉过谁，可周围的人似乎都知道我在做什么了。

迈克斯　有很多地方可以派你去，不过这里还有些事情需要你。

费利普　我明白，最好能早点让我过去，我在这儿越来越不安了。

迈克斯　隔壁那个姑娘怎么办？

费利普　哦，我会跟她分手的。

迈克斯　我没要求你这么做。

费利普　的确，但你早晚会这么做的。你没有理由一直惯着我。看眼下的形势，我们也许会跟他们打上50年，我肯定会坚持到底的，反正我已经报名了。

迈克斯　我跟你一样，报不报名都一样。没必要说得这么悲壮。

费利普　不是悲壮，而是我不想欺骗自己。我不愿让任何事情控制我，哪怕只是一部分。但这件事大不一样，它让我非常震撼。我知道该怎么处理的。

迈克斯　怎么处理？

费利普　你就瞧好吧，我会处理给你看的。

迈克斯　但是，费利普，请你记住，我是个善良的人。

费利普　哦，是的，是的，这我清楚。有时候真应该让你看看我是如何工作的。

[他们正谈话时，109号房间的门打开了，特洛西・布

勒齐思走了进去。她打开灯，脱下外套，披上了银狐披肩。她站在镜子前转动着身体。她今天晚上看起来很美。她走到留声机前，放上一张玛祖卡舞曲的唱片，然后坐到台灯前的椅子上开始看书〕

费利普　是她回来了，那个地方，她现在叫它……家。

迈克斯　费利普同志，你完全没必要这样！因为无论如何，她目前还没有妨碍你的工作。

费利普　眼下的确是如此，但我已经看到了，你马上也会看到的。

迈克斯　当然，跟过去一样，我会让你自己去处理，但别忘了要善良一点。像我们这些经历过恐怖事情的人，尽量地与人为善是至关重要的。

费利普　我也很善良啊，你知道的。放心好了。

迈克斯　不，我并不知道你有多善良，但我希望如此。

费利普　你在这儿等我一会儿，好吗？

〔费利普走出房间，在109号房间的房门上敲了几下，然后推开门走了进去〕

特洛西　你好，亲爱的。

费利普　你好，你怎么样？

特洛西　只要你在这儿，我就很好，很开心。你去哪儿了？昨晚你整夜都没回来，我很担心；不过看到你平安归来，我很高兴。

费利普　有酒吗？

特洛西　有，亲爱的。[她给他倒了一杯加水的威士忌。迈克斯则在另一间屋子里，坐在椅子上直直地瞪着火炉]你到底去哪儿了，费利普？

费利普　四处转转，查看一下情况而已。

特洛西　那么情况怎么样？

费利普　有些事情很好，有些没那么好，总之，扯平了。

特洛西　那你今晚不用再出去了吧？

费利普　我不知道。

特洛西　费利普，亲爱的，到底出了什么事？

费利普　没出什么事。

特洛西　费利普，我们一起离开这儿吧。我们实在没必要一直待在这里。我已经连发了3篇文章了。我们到圣特罗佩去，那里的雨季还没有开始，况且那边还没有什么游客，我们可以去滑雪。

费利普　[非常痛苦地]是的，我们还可以去埃及，并在任何一家旅馆里开心地做爱。在接下来的3年里，在1000个美妙的早晨，总共将有1000份早餐被用托盘送来；或者在接下来的3个月内有90份。但不管多少日子，我们要做的只是让对方开心，直到你厌倦了我，或我厌倦了你。当然，我们会住在克里雍和利兹饭店，到了秋天，待布洛涅森林的树叶飘落，我们就坐上马车去奥特易看障碍赛。就是这样，接着再去酒吧喝上一杯鲜美的鸡尾酒，然后再开车回拉罗饭店吃晚饭。到了周末，我们就去索罗涅地区打野鸡。是啊，是啊，就是这样，就是这样。我们还要搭飞机去内罗毕或老摩萨的一家俱乐部，去钓萨门鱼。是啊，是啊，就是这样。而且我们还要天天睡在一张床上。是这样的吗？

　　特洛西　哦，亲爱的，只是想想就让人陶醉。不过你有这么多钱吗？

　　费利普　从前有，但我后来加入了这个行当。

　　特洛西　那我们还去圣莫里兹吗？

　　费利普　圣莫里兹？别那么庸俗好不好。你是想说去基兹厄尔吧，你会在那里遇到迈克尔·艾伦。

　　特洛西　但你没必要非得跟他见面啊，亲爱的。你完全可以不见他，不过我们真的能做这些事情吗？

　　费利普　你想这样吗？

　　特洛西　哦，亲爱的，当然。

　　费利普　那你愿意到西班牙去吗？在秋天，你可以租一个庄园，只需付一点点狩猎费。而且那里有大群大群的野鹅。还有，你去过拉莫吗？那里有长长的白沙滩，沙滩上有三角帆船，你躺在沙滩上，到了晚上，任由来自于棕榈树间的海风吹拂。还有马林迪，怎么样？在那里你可以操控冲浪板在海浪中穿梭，那儿的东北季风既凉爽又清新，你甚至不用穿睡衣，晚上也不需要盖被子。你肯定会喜欢马林迪的。

特洛西　是的，是的，费利普，我一定会喜欢的。

费利普　还有，你去过哈瓦那的无忧宫大酒店吗？在每周六的晚上，你可以在那院子里的棕榈树下尽情地跳舞，你甚至可以光明正大地在那里玩骰子或轮盘赌，之后再开车去哈伊曼尼塔斯饭店，赶在太阳冉冉升起时在那里吃早餐。那里的每个人都相互认识，所有人的脸上都带着轻松的笑容。

特洛西　那我们现在就去那儿吧？

费利普　不可以。

特洛西　为什么，费利普？

费利普　我们眼下哪儿也不能去。

特洛西　为什么，亲爱的？

费利普　要是你喜欢，你可以自己去。我来为你制定旅游计划。

特洛西　为什么我们不能一起去呢？

费利普　我已经去过这些地方了，而且把它们都抛在了身后。我现在要去的地方只能自己去，或者跟一些与我有着相同理由的人一起去。

特洛西　不能带着我吗？

费利普　不能。

特洛西　为什么我就不能跟你们一起去呢？我可以学习，而且我一点也不害怕。

费利普　首先，我也不知道这样的地方在哪里；再者，我不想带你去。

特洛西　为什么？

费利普　因为你毫无用处。你不学无术，是个大傻瓜，而且还很懒惰。

特洛西　你……你怎么可以这样说我？也许你是对的，但我并不是一点用处都没有。

费利普　你能有什么用？

特洛西　你知道的……你们这群没良心的公狗。

[她哭起来]

费利普　哦，你说的是那个啊。

特洛西　难道我对你就只有这么一点意义？

费利普　这确实是一件有用的东西，一件商品，但人们不该为它付出太大的代价。

特洛西　你说我是一件商品？

费利普　是的，一件美观的商品，也是我拥有过的最美的商品。

特洛西　好吧，你这么说我很高兴，更何况现在还是白天。不过现在，你给我滚出去！你这个自负的醉鬼，你这个荒谬、傲慢的下流痞子！你才是商品，你……你有没有想过，你才是真正的商品，一件根本不该付出太多代价的商品！

费利普　[大笑起来]不，我不是。不过我明白你想表达什么。

特洛西　啊，这就是你。你这件完全堕落的商品。你从不在家待着，整夜整夜的在外面鬼混，满身污泥，衣冠不整。你是一件可怕的劣质商品，我只不过喜欢你这件商品的包装而已。就是这样，我很高兴你现在要离开我了。

费利普　是吗？

特洛西　是的，是的。你就是这样一件商品。但你……干吗要提到那些我们永远也去不了的地方？

费利普　非常抱歉，我知道这样很不好。

特洛西　哦，你用不着道歉。你的道歉很容易让人想到虚伪。虚伪的人最恐怖，而且你也用不着在白天提起这些。

费利普　我真的很抱歉。

特洛西　哦，没必要。你在道歉的时候最差劲了，我实在受不了，快给我滚出去吧！

费利普 那好吧，再见了。[他伸手去抱她，要亲吻她]

特洛西 别吻我！你吻我之后马上就会扯到商品上，我太了解你了。[费利普紧紧抱住她，吻她]哦，费利普，费利普，费利普……

费利普 再见。

特洛西 你……你连商品都不要了吗？

费利普 我真的承受不起。

特洛西 [从他怀中挣脱出来]那就走吧。

费利普 再见。

特洛西 滚吧，赶快滚吧，滚得越远越好！

[费利普走出她的房间，回到自己的房间。迈克斯依然坐在椅子上。在另一间房间里，特洛西拉响了呼叫女仆的电铃]

迈克斯 怎么样？

[费利普站在那儿呆呆地看着电火炉，迈克斯也对着电炉出神。在另一间屋子里，帕塔拉出现了]

帕塔拉 什么事，特洛西小姐？[特洛西坐在床上，抬起了头，泪水从她的脸颊上流下来。帕塔拉关切地走到她面前]怎么了，小姐？

特洛西 哦，帕塔拉，你说得太对了，他果然是个十足的坏蛋。他是个坏人，坏人，坏人！而我却像个傻瓜一样，还以为能得到他的幸福，真该死！

帕塔拉 是啊，小姐，我早就说过了。

特洛西 可是，帕塔拉，要命的是我爱他。

[帕塔拉无奈地杵在特洛西的身边。而在110号房间，费利普正站在床头柜前，为自己倒了一杯威士忌，然后兑上水]

费利普 阿妮塔。

阿妮塔 [在浴室里]什么事，费利普？

费利普 你怎么还没洗完？该出来了吧。

迈克斯 我要走了。

费利普 别走，再等会儿。

迈克斯 不，不。拜托了，我得走了。

费利普 [用非常干涩的声音泄气地]阿妮塔，水热吗？

阿妮塔 [在浴室里]热，我洗得可舒服了。

迈克斯 我走了，拜托，拜托，我必须得走了。

—落幕—

西班牙大地

悼念战死在西班牙的美国人

　　今晚，这些死去的人沉睡在西班牙冰冷的大地上。洁白的雪花飘过橄榄树丛，飞落到树下。竖着小石碑（如果有石碑的话）的土堆上积满了雪花。寒风中的橄榄树稀稀落落，因为那些低矮的枝条都被砍掉拿去掩蔽坦克了，死者们孤寂地沉睡在哈拉马河上游的山间。那里的2月是寒冷的，他们就在那样的季节中死在了那里。从此以后，这些死去的人再也感受不到季节的变化了。

　　至今已经过去了两个年头，自从国际纵队林肯支队沿着也拉山地坚守了4个月之后，到如今，第一位死去的美国战士早已成了西班牙土地的一部分了。

　　今晚，这些死者悲戚地沉睡在西班牙大地上，在整个冬季，他们都将寒冷地沉睡在这里，与冰冷的土地躺在一起。但到了春天，雨水会使大地重新温暖起来，南方的风也会温柔地吹过群山，使发黑的树木再次复苏，长出碧绿的叶子；而哈拉马河畔的苹果树也会开满花朵。在这样的季节，这些死去的人必定会为这片土地的复苏而倍感欣慰。

现在，我们的死者已经成了西班牙大地的一部分，而西班牙的大地永远不会死亡。尽管在严酷的冬季它会变得死气沉沉，但一旦春天来临，整个大地必将再次生机勃勃；而我们的死者也会因此而重获新生，因为他们早已成了这片大地的一部分。

土地是永远不会死亡的，那些向来追求自由的灵魂也永远不会被奴役。在那块躺着我们的死者的土地上辛勤劳作的农民们明白，这些人不是无缘无故地死去的。他们在战争里所学到的东西是永远不会忘记。

这些死者永远活在西班牙农民、工人和那些有信仰的、并愿为西班牙共和国战斗的最朴实、最诚恳、最善良的人们的心中。只要我们的死者在西班牙大地上沉睡一天，他们就会和这片土地共存亡，任何一种暴政都休想在西班牙得逞。

法西斯主义也许会在全国蔓延，并用它从其他国家运来的一吨吨的钢铁开辟道路。它可以借助叛徒和孬种们的支持而向前推进，甚至可以毁灭城市、农村，并奴役人民，却永远无法使任何一个人心甘情愿地接受它的奴役。

　　西班牙人民一定会再次站立起来，就像他们从前反对暴政时那样。

　　这些死者却不需要再站起来了，因为他们早已是土地的一部分，而土地是永远不会被奴役的。土地可以永远忍受下去，它比一切暴政都活得长久。

　　从来没有谁能够比死在西班牙的那些人更庄严地融入大地，而那些庄严地融入西班牙大地的人们，必将永垂不朽。

西班牙大地

导　　演　尤利思·埃文斯

解　　说　欧内斯特·海明威

摄　　影　约翰·费尔诺

剪　　辑　海伦·凡·冬根

配　　乐　迈克·布里斯坦　维吉尔·汤姆逊

音响效果　欧文·赖斯

发　　行　普罗米修斯制片公司

　　　　　纽约百老汇大街 1600 号

第一本

　　这是一片干燥坚硬的西班牙大地，在这片大地上辛勤劳作的人们，其面部也因常年日晒而变得干燥坚硬。

　　在这片因干旱而失去价值的土地上，一旦有了水便能生产出很多东西。

50年来，我们一直渴望浇灌，却有人不让我们灌溉。

现在，我们要引水灌溉，以便为马德里生产粮食。

夫恩特都纳村[1]拥有1500人。村民们为了各自的利益耕耘着那片土地。

在这里有上好的面包，上面贴着工会的标签，但它们只能满足本村人的需求。如果村里的荒地能够得到有效灌溉，就能生产出数十倍的粮食，当然还有土豆、葡萄酒和洋葱等，可以源源不断地供应给马德里。

该村位于塔霍河畔，塔霍河公路从村旁穿过。这条公路是连结巴伦西亚和马德里的生命线，叛军要想打赢这场战争，就必须切断这条公路。

为了浇灌这片干燥的原野，人们勾画出了一条条水渠的位置。

第二本

这就是正准备加入战争的人们的真实面貌，他们的面貌或许跟你见过的任何面貌都有些不同。

---

[1] 该村坐落在马德里以东40英里处，1937年，埃文斯开始在此拍摄农村生活。

在面对死亡时，人们无所畏惧，即使在摄影机面前也不可能作假。

在夫恩特都纳村的村民中悄然传递着一个声音："我们的大炮。"

交战前线呈弧形向北延伸，直通马德里。

这些房子眼下已经空无一人，那些在轰炸中没有死掉的人把它们的门拆下来拿去加固新挖的战壕了。

当你在为保卫自己的国家而战斗时，战争便会像吃饭、喝水、睡觉、读报一样，几乎成了你的日常生活，就像现在这样。

人民军队的扩音器音量巨大，足以传到两公里以外的地方。

这些人在3个月前开赴前线时，其中有许多人甚至是第一次摸枪，还有一些人根本不知道怎么往步枪里安放子弹。现在，他们正在指导新兵如何把拆卸后的步枪重新组装好。

这里是在敌人占领大学城之后，马德里城内战线的突出部分，在遭到数次反击后，他们依然占据着贝拉斯科斯宫，就是那座左右各有一栋尖塔的王宫——尽管作为一所战地医院，它早已被炮火摧毁了。

这位留着胡子的人叫马丁尼斯·得·艾拉贡，是这里的指挥官。内战爆发前，他是一名律师，后来却变成了一位勇敢、卓越的指挥官。他在进攻"田园之家"时不幸阵亡了，就在我们拍摄战斗场面的那一天。

叛军执意要解决那所战地医院。

朱立安是来自于那个村子的孩子，他给家里写信说："爸爸，我3天之后就回来，请告诉妈妈。"

第三本

队伍集合起来了。他们集合是为了选举出席大会的代表，而召开这次大会是为了庆祝所有的民兵组织联合起来组成新的人民军队。

这是西班牙共和政府军攥紧的拳头。

恩里可·利斯特，一个来自利西亚地区的石匠，在参加完6个月的战斗后，从一名普通的兵士晋升为一个师的指挥官，他是共和政府军最优秀的军官之一。

在一次致力于联合所有民兵团队的大会上。

恩里可·利斯特：他们组成了统一的国民军，并在马德里保卫战中非常出色地履行了自己的职责，因此这些旅队与我们光荣的第五旅是一样的。现在，同志们，我们发动攻势的时刻终于到了。

卡罗斯，第五团的首批指挥官之一。他谈到了人民军队是如何为了西班牙的民主和自己选举出来的政府而战的。

卡罗斯：必须坚决顶住，绝不允许他们通过！只有这样，西班牙才会拥有一支强大而不可战胜的军队。在西班牙所有优秀子孙的鲜血灌溉下，在废墟上，我们将重建一个自由、民主、进步、幸福的西班牙！同志们，第五团不存在了……我们的首都万岁！不可战胜的马德里万岁！人民军队万岁！为了一个强大、幸福的西班牙，为了胜利，前进！向大家致敬！

赫塞·蒂亚斯，他每天要工作12个小时，后来成了西班牙国会的议员。

赫塞·蒂亚斯：我们的军队拥有广泛的民众基础，是真正由人民组成的，是民主的，是由各个反法西斯政党组成的。它富有凝聚力，团结一致，这些就是获胜的基础。我们唯一需要学习的是如何发扬英雄主义，发扬不怕牺牲的精神。

古斯特夫·瑞各勒，一位来自德国的优秀作家，他来到西班牙为他的理想而战。在6个月前，他身受重伤。他称赞了人民军队的团结。在保卫马德里的战斗中，人们铭记住了他们的忠诚和勇气。

古斯特夫·瑞各勒：向我们英勇的第五团的战友致敬！我们永远不会忘记你们在保卫马德里的战斗中所表现出来的勇敢和纪律性，也永远不会忘记你们坚强和牺牲。尤其是在今天这样的日子里，我由衷感谢你们组建人民军队的好想法。

此刻，西班牙最著名的女性正在发言，人们称她为"热情之花"。她不是浪漫的美人，也不是"嘉尔曼"[1]，而是阿斯图里亚斯的一个贫穷矿工的妻子，但这位西班牙新女性的发言赢得了人们一阵又一阵的掌声。她谈到了未来崭新的西班牙，那是个地地道道的新国家，富有秩序和勇气，她说这个新国家将由它的纪律严明的战士和坚忍不拔的女性共同创造。

热情之花：作为人民军队的种子，第五团拥有组织性、纪律性和自我牺牲精神，它必将在伟大的人民军队中发育壮大。现在，我们这支团结统一的军队包含了我们共和国的各种力量，从民兵到年轻的姑娘，他们在前线发出了充满感情的声音。

于是，我们从前线的一只扩音器里听到了这些声音。

乔·奈法："十二旅"的同志们，你们认识我吗？我处在人民军的弟兄们中间，享受到了非常好的待遇。这样的待遇也会在前线等着我吗？在被击毁的那栋大楼的地窖里住着敌人。他们是一些摩尔人和民防军。

---

[1]法国作家梅里美在同名小说中的女主人公，是一个放任、自由、个性鲜明的吉普赛人。

他们的确是一些勇敢的部队，否则他们是无法在那样的绝境中坚持下来的。但他们是一伙儿反对人民的职业军人。他们企图把军方的意志强加在人民身上，因此我们憎恨他们。如果没有他们的顽固，没有意大利和德国的支援，西班牙的这次叛乱用不了6个星期就能结束。

从大学城那边传来一声开炮的命令，是用西班牙语发出的：向右两米……发射！

与此同时，总统也在国会上讲话。

曼奴艾尔·艾萨尼亚总统：他们从不把人民群众放在眼里，悍然向我们发起了进攻。他们藐视西班牙人民为反对专制制度而作出的长期努力。他们没想到广大人民会如此强烈地反对法西斯主义，更没想到人民对于首都的大力支持。此时此刻，就连最小的村庄……

夫恩特都纳村村长：为了更好地保卫马德里，我们必须按时完成任务。我们现在有了机械和设备，那是我们用去年剩余的钱买来的，现在只差水泥了，但那也是马上就能送来的。

阿尔巴公爵的府邸被叛军炸毁了，那里藏有大批珍贵的西班牙艺术品，全都被政府军和民兵及时地抢救了出来。

这一营的士兵获准休假，朱立安就在这支队伍里，他有3天假期，可以回村探亲，在回家之前，他给他父亲写了一封信。

亲爱的爸爸：

我没有收到您的回信，但还是想再给您写几行字。

我们正利用这平静的几天回村里休假，我大概10点钟到达，请转告妈妈一声。

祝您身体健康！

您的儿子：朱立安

当朱立安再次冲向战场时，人们听到他大声地喊着：爸爸！

第四本

凭借着天然的地理优势和人们的坚强保卫，马德里变得越来越坚不可摧。

敌人无法攻进这座城市，就千方百计地想摧毁它。

这个人本来跟战争没有一丁点关系，他只是个书记员，在早上8点时，他本该走在去办公室的路上，可他现在却被人抬走了，但不是抬去了他的办公室，也不是抬回了他的家，而是抬向了墓地。

政府要求所有平民一律撤出马德里。

可他们能去哪儿呢？哪里能供他们居住呢？哪里能给他们工作机会呢？

"我老了，我不走。但千万别让孩子们再去街上了，除非需要他们排队。"

因为炮击的缘故，招募新兵的工作加速了。每一次毫无缘由的杀戮都会激怒民众，促使各行各业的男人们报名参加共和军。

朱立安搭上了一辆空的卡车，他到家的时间比预期的还要早。

第五本

村里的男孩儿们从地里回到家后，就开始接受朱立安指导的操练。

与此同时，在马德里城内，一支突击队也正在操练，队伍里有斗牛士、足球队员和普通市民。

他们彼此说了再见。这个古老的道别用语在所有的语言里，几乎表达了相同的情感。她说她会等他；他说他会回来。他知道她会等他，但在这样的炮火中，谁知道将会发生什么呢。照顾好孩子，他说。我会的，她回答。尽管他们明明都知道，只有一个母亲是不可能照顾好孩子的，但人家把你用车送出去就是去打仗的，有什么法子呢？

死神每天都会光临这座倒霉的城市，那是叛军从两英里外的山间送来的。

死亡的气味是从烈性炸药的刺鼻浓烟和被炸毁的花岗石建筑中发散出来的。

人们为什么不走呢？因为这是他们的城市，这里有他们的家。他们在这里工作、生活，他们必须为它而战斗。

男孩儿们到处跑着寻找炮弹碎片，就像他们从前收集冰雹粒一样。于是，下一发炮弹击中了他们。德国炮兵已经明显增加了各个炮队的发射量。

以前，死神一般都降临在老人和病人的头上，但今天，死神降临在了整个村庄。它们在高空披着闪闪的银装，追逐着那些无处可逃、无处藏身的人们。

这是3架德国容克式飞机干下的事情。

政府军的驱逐机干掉了其中的一架。

我也看不懂德文[1]。

画面上的这些死人来自于另一个国家。俘虏们说，

---

[1] 此时的画面是印有德文"drucken"字样的降落伞。

他们本来是签约去埃塞俄比亚工作的。死人无法开口讲话，不过我们可以阅读他们生前所写的信，一切就能真相大白了。据统计，在布里韦加战役中，意大利的死亡、受伤、失踪的人数，比在整个埃塞俄比亚战争中死亡的都要多。

第六本

叛军又一次突袭了马德里至巴伦西亚的公路。他们越过了哈拉马河，企图占领阿尔甘大桥。

从北方紧急调来的部队，打算粉碎他们的阴谋。

在夫恩特都纳村，大家正努力地把水引来。

他们抵达了巴伦西亚公路。

步兵们正在出击。要想用摄影机拍下他们的推进过程，那真得看运气了。这是一种缓慢的、沉重的、毫不吸引人的推进行动。所有战士被分成了一个个梯队，每队6个人。他们处在极端的孤寂中，在进行所谓的接触行动。在那种形势下，每个人都只知道有自己和另外的5个人的情况，可他所面临的却是一大片神秘的未知领域。

这场战斗的所有其他准备工作都是为了这一时刻。6个人穿越一片土地，最终迈向了死亡。而他们的出现就是为了证明这片土地是属于他们的。6个人变成了5个，接着变成了4个、3个、2个……但最后那个人勇敢地坚持了下来。他挖了战壕，守住了战线，和他们其他小队的人——有的剩下了4个人，有的剩下了3个人——共同守住了那座大桥。

公路安全了。

这样，他们便可以生产更多的粮食了，或运来更多的粮食。

这些只需要工作和食物，却从没有经受过战争洗礼，也从没有接受过军事训练的人们，将会继续战斗下去。

后记　热与冷

欧内斯特·海明威著

转载自《活力》杂志

终于尘埃落定，你看到了一部电影。你在银幕上观看它，听着各种声音和音乐；你还听到了自己之前从来没有听到过的声音，那是你在黑暗的放映室里或者炎热的旅馆里匆匆写在纸上的话。但你在银幕上看到的活动影像却跟你脑海中的印象不大相同。

你印象中的第一件事是天非常冷，而你又必须起得很早，因此总是一副睡眠不足的样子，好像随时都有可能再睡过去；汽油很难弄到；还有我们一直都觉得很饿；路也非常难走，遇到下雨天更是泥泞不堪；我们的司机胆子很小。当然，这些在银幕上是看不到的，你只能从影片中人物鼻孔里呼出的气息判断天气究竟是有多么冷。

我至今仍记得，在我父母工作服式的夹克衫口袋里经常装着洋葱，他们什么时候觉得饿了就会拿出来吃。尤利思·埃文斯和约翰·费尔诺对此很反感。他们再怎么饿也不会去吃生的西班牙洋葱，这大概跟他们是荷兰人有关。不过他们总是用银制的大大的扁酒瓶装威士忌，一般到下午4点时，一瓶酒就会被他们喝光。因此我们发现，我们每天都得带一瓶酒把他们的扁酒瓶灌满；而在人事方面，华纳·海尔博伦则是我们的另一大发现。

海尔博伦是国际纵队第十二旅的军医，自从我们相识后，就总能从他那里弄到汽油。通常情况下，我们只需开车去一趟纵队医院，然后好好地吃一顿，汽油便加满了。他总会安排好一切，他为我们提供交通工具，带我们去拍摄进攻的场面，而在拍摄过程中，我印象最深的是海尔博伦咧着嘴笑的样子，还有他歪戴着的帽子，以及他说话时慢条斯理、惹人发笑的犹太人一般的腔调。要是我晚上从别的地方返回马德里，在车里睡着了，海尔博伦就会吩咐司机路易斯抄近路去一趟莫拉来哈的医院，等到我醒来时就会看到那座古堡的大门，于是在凌晨3点，我们便能吃上一顿热饭。之后，等我们所有人都睡熟了，海尔博伦便会投入工作。他的工作做得非常出色，他工作起来既严谨又不遗余力，但他的表情却总是懒洋洋的，好像自己什么都没做似的。

就我个人而言，片子中那段时光的主角应是海尔博伦，但是他并没有出现在影片中。眼下，他和路易斯都葬在了巴伦西亚。

古斯特夫·瑞各勒在影片中露过面，你见识过他的演讲，那是一次很好的演讲。你后来应该还见过他一次，但那不是在演讲台前，而是在炮火纷飞的前线。他当时非常的平静，非常轻松。他是一位出色的指挥官，他当时正在指挥自己的部队反攻前方不远处的一个目标。在这部影片中，瑞各勒是一位值得记住的主角。

路卡契只在影片里的几个镜头中出现，当时他正率领第十二旅在阿尔甘大公路一线进行战略部署。你没机会看到在5月1日的深夜，他在莫拉来哈的盛大晚会上的演奏。当时，他是咬着一支铅笔演奏的，乐声很轻柔，像是用一支笛子吹出来的。而在影片中，你只看到了路卡契的工作镜头。

以上是影片中关于冷的部分，现在我想说说它的热。对这部分我当然记忆犹新，那是你扛着摄影机到处奔跑，一边流汗，一边还要在光秃秃的小山凹藏身的切身感受。你的鼻子里、头发里、眼睛里到处都是土，你总是非常渴，很想喝水，嘴巴很干。只有在战场上才会有这样的体验。你年轻时曾经稍微经历过战争的洗礼，知道埃文斯和费尔诺如果再坚持下去是会死掉的，因为他们面临着巨大的危险。出于道德方面的考虑，你必须弄清楚，你劝阻他们究竟是根据自己的经验而提出的合理建议，还是因为自己像被烫过的猴子那样，从此就再也不敢碰热汤了。我清晰地记得影片中的那个部分全是汗水、干渴和随风而来的尘土；我认为影片中多少表现出了当时的情况。

现在，一切都成了历史。当你坐在电影院里，音乐突然响起，然后看到一辆坦克不可一世地碾压过来时，你尘封的记忆会被重新激活，而你的嘴巴便会又开始发干。年轻时你非常在乎死亡，现在却一点也不在乎了，只会因为它夺走了众多的生命而憎恶它。

当然，在战争中，死亡仍是一件糟糕的事情，至于你是憎恶还是害怕它，已无关紧要了。但要是你将这些讲给海尔博伦听，他准会咧开嘴笑笑；还有路卡契，他也会理解你的。因此，如果你不介意的话，我是不会再去看《西班牙大地》了；我也不会再去写有关它的文字，我实在没有必要再写了，因为我当时就在那儿。然而，假如你那会儿并不在那里，那你就应该去看看这部《西班牙大地》。

海明威诗集

少年读物　1912—1917

揭幕战

第一局

一垒钱斯，三垒埃弗斯

小熊队胜利在望

舒尔特手握球棒

在投手板上敲打几下

突然，他

挥棒奋力一击

球落在右外野

旋即，钱斯和埃弗斯上场

这样的击球很少见——或者说从未出现过

然后，齐姆

快速出手

他当然知道该怎么击球

猛击球的头部

球几乎要叫出声来

中场球员抓住了球

他似乎要失败

行了，停止这种追逐等级的东西吧

揭幕战

一场已足够了

橡树园，1916年

《秋千》（1916年11月10日）

无字诗

"　　　　"

!　　：　　，　　　。

　　，　，　，　　。

，　　　　；　　　　！

　　　，

橡树园，1916年

《秋千》（1916年11月10日）

献给弗雷德·威科星

看，绿茵场上

那些踢球的男儿们

他们激昂的青春告诉我们

人可以疯狂跑，使劲踢

再来个凌空抽射都行

就算一脚踢出，球飞了

好歹咱们的脚印也印上了

不落遗憾

橡树园，1916年

《秋千》（1916年11月24日）

芳华已逝，还要写首民谣

噢，我从来没写过民谣

相比之下我宁愿吃鲜虾沙拉

（上帝知道我有多讨厌那坨卷曲的粉色怪物）

可是蒂克逊小姐要我写

我不得不写

（这事我差点忘了）

我只好坐在书桌前

双脚朝东

集中精力

第一节，it is over －（它已经结束了……）

哦，见鬼，哪个词跟"over"押韵

哈，有了，"I'm now in clover。"（我现
在过得不错。）

但是接下来写点什么呢

我还是不知道

大脑一片空白

不然写年轻的劳埃得·波义尔

或健壮的爱尔兰之子

假如写他

会越写越难写

因为资料太多

我还没整理好

想着想着

思绪突然中断

还没提笔

就知道写不好

我还是会继续创作
祈祷能来个灵光乍现
灵感一来，就会才思敏捷
落笔如神

（希望那些该死的想法该来赶紧来）
我已写好两页
真是度日如年
我一直涂涂改改
结果还是言之无物
情况越来越糟
心中烦躁不安

无论我写什么
都要在英语课前再看一遍
突然想起我要去的地方
知道我最想待在哪儿吗
树荫下
躺着看悠悠的白云
飘然而去
我们可以仰望蓝天——
我自己，或者和你一起

忽然，灵感所致
我会心地笑了
我会创作民谣了
可以提笔出文章了
（哎）
感觉浑身轻松

我保证
（如果这次你能让我过关）
以后再也不会创作民谣
再不会去尝试押韵了
除非蒂克逊小姐要我写

橡树园，1916年

《书板》（1916年11月）

工人

在船舱最闷热的地方
工人挥舞着铲子
身上的汗珠油光发亮
蒸汽表的指针转动

骨架就要裂散了
温度高于地狱，活人根本没法待
他在闷热的小屋里挥汗如雨
温度极高热气不断袭来
汗水消耗着他的生命
可他在和风浪搏斗
这样一来，你能乘船远行
抛开这一切，他就是四周的一位常人

橡树园，1917年

《书板》（1917年3月）

搏斗

两个涨红的大拳头
交叉伸向空中
一张满是汗渍的疲惫面孔
仰望苍穹
黄色的头盔里伸出一束金色的头发
长长的手臂像大猩猩一样
似乎想要抓住什么
起起伏伏的胸膛
溅有泥渍的灵活双腿

快拉猛推，向前冲进涌动的人群
场面十分混乱
人群中有人大喊：
"太棒了！把失败者抛到两码以外！"

凌空飞射

泥泞的体育场上
二十二个满身是泥的身影
展开了激烈的对抗
激情飞扬的叫喊声连绵不断
前排的人挤在一起
后排的人屈膝半蹲，撞向靠近的对手
一脚踢在猪皮缝制的球上
球腾空飞起
而那些浑身是泥的身影还在场上角逐
看踢球的人脸上挂满泪花

后卫

站立，一个小小的身影
独自站在画有白线的场地中间
两边看台上的人都站了起来

呐喊着，为喜欢的球队加油
一个灰色的身影在攻防线附近游走
他向场内猛冲
飞步跑过白线
后卫调整好姿势，球飞过来了
身着灰色运动衫的人
和他撞在一起，共同倒地
克勒上场了
带着雷鸣般的掌声

橡树园，1917年

《书板》（1917年3月）

无言以表

六月的甲虫
围绕着转角处的弧形灯飞旋
街角处留下了它们的影子
六月的夜晚
你光着脚在散步
双脚沾着青草上清凉的露珠
路对面的走廊

班卓琴铮铮作响
嗅到公园里丁香花的芬芳
你的内心一阵挣扎
却又无法用言语表达——
你就是黑暗中一首鲜活的诗

橡树园，1917年

《书板》（1917年3月）

漫游　1918—1925

班轮

早晨，乘客们试图吞下大量食物

公爵来了

他来自普利茅斯

咸牛肉上桌

接着是沙拉

然后是一只硕大的烤猪

拿起一块放进嘴里咀嚼下咽

顺着喉咙往下走

接着满脸通红

好似喘不过气来

他慌忙地跑出去

在慈悲心的驱使下

想给鱼儿喂食

朋友们，我们要拉上帷幕

拉上仁慈的帷幕

我们不会描绘

他呕吐秽物的画面

当然也不会温柔地对待朋友

我们不去描述邦廷

吐出的绿色混合物

像加了糖浆的蛤蜊汤

那个德国人，著名的斯皮克尔吐出了整个橘子

皮斯船长的丑态也在街市上流传

然而我们都不说

因为怕受处分

尊敬的朋友们，我们得走了

要去找个桶或洗脸盆之类的东西

芝加哥的船上，1918年

《菲茨杰拉尔德和海明威年鉴1972》

我和三位朋友

我和三位朋友
艾克、托尼、杰克
在斯基奥镇大声呐喊着
三天的假，自由的心
内心膨胀起来，但我们仍然
在仔细打量他们
从头到脚

我和三位朋友
艾克、托尼、杰克
一张面孔不会影响三天的假
你可以看着这张脸，这张自由的脸
但是脚踝上的一些东西又会让你伤心
因为它是一种象征

我和三位朋友
艾克、托尼、杰克
还有马特尔
如果不是马特尔，柯纳克也可以

人的脚踝藏有难以述说的秘密

有时它守住秘密，有时收买和出卖秘密

三天后我们将重回地狱

是不是马特尔，我们已经不在乎了

大约 1918—1920 年

忠告

波洛尼厄斯

记住给你的忠告

太具思想性的语言不要出于你口

也不要太过于严谨

以免人们以为你是一个高深的人

你千万不要大意

波洛尼厄斯

记住给你的忠告

提防那些把钱包系得紧紧的吝啬朋友

坚决远离他们

大约 1920 年

挥舞军棍的人

我在一本杂志上
看到一幅画
画里是一根军棍
上面镶满铁质的钉扣
尾部还有一根钢针
我心想：天哪，这东西真棒
我突然想握紧军棍
忍不住想挥舞两下
聆听匈奴人头骨破裂的声响
最好他手无寸铁
换个人
再来一个
天哪，这多爽啊
打碎他们的头颅
血液四溅，就像在屠宰场宰牛
假如他们哭喊着管我们叫"朋友"
挥棒！
在同一个下午
我看到一个头发金黄、肤色干净、高大的瑞

典人

　　他喝得烂醉

　　三个警察要把他从摩托上拽下来

　　他反抗着，其中一个大块头便将棍棒击向那男孩的头部

　　这一击听起来像打了个二垒打

　　不是棍棒打下去那种沉闷的声音

　　而是爆裂声

　　接着他们全部冲上去殴打他

　　瑞典人倒下了

　　那群人将他拽上楼梯

　　他鲜血淋淋的脸磕碰着楼梯

　　嘭、嘭、嘭

　　天哪！那个想挥舞军棍的人

　　是我吗

　　我在一本杂志上

　　看到画面里的一根军棍

　　忍不住想挥舞两下

大约1920年

致维尔·戴维斯

判处此二人绞刑

勒住颈项直至死亡

头戴黑帽的法官宣读道

其中一个不得不延期执行

押送到县监狱

在挑高的过道上吊死

口水沿着他的下巴淌下来

他全神贯注地听着牧师的言语

牧师的语速很快

说的是他听不懂的语言

他们在他的头部套上了黑色的袋子

我很高兴他们能这么做

另一个是黑人

笔直地站着

像黑石宾馆的门卫一样庄严

"萨哈没什么可说的。"

此刻我的心情极其糟糕

胃不舒服，想要呕吐

恐怕他们正在给博特·威廉姆斯施刑

我忽然想起维尔·戴维斯
为他的命运担心

大约1920年

哥本哈根战役

为什么历史上没有关于哥本哈根海战的记载
这是一个谜

据我所知，没有战役能与哥本哈根海战相提并论
打斗和撕咬
相互冲撞，相互摧毁
互砍互殴
咬牙切齿，怒目相对

哥本哈根战役在喊叫、奸笑和国际声讨声中展开

数以万计雄壮的瑞典人
披荆斩棘
加入哥本哈根战役

无数的意大利人
排列好队伍
加入哥本哈根战役

十个部落的红皮肤波尼族印第安人
在丛林中愤怒了
加入了哥本哈根战役

乌克兰人支持的阿尔巴尼亚队伍
还有一些罗马人
不管是愚钝的还是聪明的
都加入了哥本哈根战役

数以万计圆滑的希腊人
穿着皮制的马裤站成一队
带着浓烈的韭菜味
加入了哥本哈根战役

大批的土耳其人
挥舞着带血的匕首
加入了哥本哈根战役

六百个阿比西亚人

有胖有瘦

两百个捷克人

喊着口号："以赫兹克的名义！"

加入了哥本哈根战役

一千八百个苏格兰人

他们身穿彩格呢子聚在一起

白镴的酒壶晃来晃去（下流、卑鄙的酒鬼）

加入了哥本哈根战役

两百人个亚洲人

穿着蜡染的彩色衣装

一群日本人

射击技法精湛的东西们——

无数蒙古人

有邪恶的有高尚的

和他们的朋友

两个安娜托尼亚人

加入了哥本哈根战役

从北方
来的一群挪威人
在哥本哈根战役中
与无数的军团对抗
五十万犹太人
跑回去
汇报哥本哈根战场上的消息

芝加哥，1920—1921年

俄克拉荷马州

印第安人或者死了
（善良的印第安人都死了）
或者骑着摩托车
（盛产石油的国度都很富有）
烟熏亮了我的眼睛
三叶杨的树枝和牛的粪便在燃烧
从帐篷处冒出灰色的烟
（难道是我的错觉？）

草原辽阔

月亮升起来

小马不紧不慢地劳作着

夏天的小草变成了黄色

（也许是牧草、庄稼长势不佳？）

拔出箭，如果你把箭折断

伤口就会愈合

盐是个不错的选择

草木灰也行

晚上心脏怦怦跳

（也许是淋病闹的）

芝加哥，1920—1921 年

《三个故事和十首诗》（1923 年）

战俘

一些人戴着镣铐

他们不懊悔却很疲惫

累得步履蹒跚

他们已经停止思考，不再有恨

思想和战斗都结束了

不必再撤退，希望也不复存在
历时如此之长的战役已经完结
这一切让死亡变得更加容易

芝加哥，1920—1921年
《三个故事和十首诗》

军人

军人难有善终
只能用木制的十字架在他们倒下的地方做个
标记
插在他们头颅的上方
军人们
摔倒、跌倒、咳嗽、抽搐
血色、黑暗的世界咆哮着
沟渠中的军人被无情掩埋
在侵袭中无法呼吸

芝加哥，1920—1921年
《三个故事和十首诗》（1923年）

邓南遮

五十万
生灵逝去
他却觉得
有趣
这个王八蛋

芝加哥，1920—1921年

夏天，上帝离开了

社会专栏——长老会第四教堂的牧师约翰·蒂莫
西·斯通在今年夏天去往科罗拉多山脉了

夏天，上帝离开了
城市因为他的离去而变得炎热
孩子们在炎热的晚上哭泣
让那些第二天要早起工作的人无法入睡
滑稽表演的剧场也因为太热而关门
天气极热

经常光顾星空和吊带袜（店名）的男人们也觉得
丰腴的女人们不那么好看了

约翰·蒂莫西·斯通受上帝的指引奔赴山地
秋天便会归来
从山脉带回上帝的旨意
上帝不会离开这座城太久

芝加哥，1920—1921年

屋顶

这座城市夜晚的屋顶上很凉爽
而城市全身湿透
汗流浃背
生活的蛆虫
在寂寞炎热的城市里爬行
爱在城市里凝结
人行道上的窃窃私语酸腐了爱情
爱情老了
与古老的人行道一样变老

城市夜晚的屋顶很凉爽

芝加哥，1921 年

夜来了……

夜来了，带着柔软而又困倦的翅膀降临
黑暗了天色
柔化了寒光
松软了泥土
在最后的困难来临之前
我们请求留下

芝加哥，1920—1921 年

夜色……

夜色中
我与你共眠
注视着
这座城市
急转盘旋

芝加哥，1920—1921 年

写给年轻女郎

伴随着热烈欢快的华尔兹旋律
你旋转摇摆
两只睡意朦胧的鸟儿
在柳条笼中梳理羽毛
而我
正与城中一位女郎共舞

芝加哥，1921年

小标题

我们经历了较长的思索
走过了短暂的路程
我们伴着魔鬼的旋律舞蹈
在家祈祷时战战兢兢
夜晚为一个主人奉献
白天又为另一个主人奉献

芝加哥，1921年
《诗歌》（1923年1月）
《三个故事和十首诗》（1923年）

皮亚韦被杀，1918年7月8日

欲望和所有甜蜜伴着痛楚

还有温柔的伤害

就像你

消失在阴晦的黑暗

现在，你从夜色中现身，不带笑容

和我躺在一起

一把迟钝、冰冷、钢硬的刺刀

插在我火热跳动的灵魂之上

芝加哥，1921 年

夜枭

你用你的两翅遮住我的双眼

黑暗的夜枭

像火鸡般展开黑色的翅膀昂首阔步

象松鸡拍打丰羽般击鼓前行

用你那粗糙干裂的双爪

抓伤我腹部光滑的皮肉

用你的喙啄我的唇

用你的双翅遮住我的双眼

芝加哥，1921年

老式机枪

诸神之磨慢慢地旋转

但是这磨

以缓慢的节奏轰轰作响

思想猥琐的步兵

在崎岖的地形推进

以此加冕

他们的老式机枪

芝加哥，1921年

《诗歌》（1923年2月）

《三个故事和十首诗》

婚礼上的礼物

壁炉上
三座时钟
滴答旋转
但是那个年轻人正在挨饿

芝加哥，1921年

《多伦多星报周刊》（1921年12月17日）

口是心非

他尝试着吐出真相
先是口干舌燥
最后口涎横流
真相顺着他的下巴滴答

大约是1921年

《口是心非的人》（1922年6月）

致苦命的妓女

命运多舛的妓女
最终患上了梅毒
满身肥肉的妓女
干尽了肮脏的勾当
低贱的妓女们过得并不好

巴黎，1922 年

"血浓于水……"

年轻人说着
用刀刺向他的朋友
为了一个痴迷的老妓女
和一间装满了谎言的房子

巴黎，1922 年

《欧内斯特·海明威：传记》（1969 年）

所有军队都一样

所有军队都一样

声名远扬

大炮的轰鸣

一如既往

英勇是男儿们的天性

老兵们始终满眼倦态

士兵们听着同样的谎言

尸体上总会飞出苍蝇

巴黎，1922年

行军

有些人能面对死亡

但他们不能

行军多年

抵达前线

这一切转瞬即逝

空留秽歌

巴黎，1922年

船

大海渴望巨轮——

它波涛汹涌

螺丝钉索索而动——

起航、震颤、前进

大海跟着爱情摇摆

海浪冲击着、爱抚着

拍打着它充满爱意的腹部

大海宽阔而苍老

摇摆的船只蔑视着它

巴黎，1922 年

《诗歌》（1923 年 1 月）

《三个故事和十首诗》（1923 年）

罗斯福

工人们认为

他辜负了大家的信任，把他的照片摆在橱窗

"看他在法国都做了些什么！"

他们说

或许他自己也希望死去

只是或许而已

考虑到将军很难死在床以外的地方

就像他最终死去时那样

一切在他生命中创造的传奇

将长盛不衰

不再被他的存在阻碍

巴黎，1922年

《诗歌》（1923年1月）

《三个故事和十首诗》（1923年）

偷袭

他们用军靴踢着军车的箱底

踩在军车上的是滚钉长靴

中士们面容冷若冰霜

下士们愤愤不平

副官们想象着梅斯特雷的妓女——

温柔、娇艳、似睡非睡的妓女

惬意、热情又可爱的妓女

这该死的行程

寒冷、苦涩、令人生厌

朝着格拉帕的方向盘旋而上

长凳上的阿蒂提坚毅而冰冷

坚毅而冰冷地为祖国自豪

粗糙的面容，肮脏的衣服——

步兵步行，阿蒂提骑行

恐怖、无声、沉闷的路程——

向着格拉帕一端的带刺的松林前进

整车人在阿萨隆全军覆没

巴黎，1922年

《诗歌》（1923年1月）

《三个故事和十首诗》（1923年）

致逝去的好人

他们欺骗了我们

国王和王国

万能的基督

以及其他

爱国之心

民主——
荣誉——
不过是单词和短语
它们会践踏我们或让我们去送死

巴黎，1922年

农庄

阿尔西洛，艾斯阿格
过了五十多年
小小的农庄
又回到了战前的宁静
蒙特格拉巴，蒙特戈尔诺
如此一年两次
在平静的和平年代里
也不多见

巴黎，1922年

蒙帕纳斯

这里从未发生过自杀事件
人们熟识的人中没有自杀身亡的

一个中国男孩自杀了
（他们把他的信放在屋顶的信箱）
一个挪威男孩自杀身亡
（另一个挪威男孩消失了）
他们发现一个模特死在床上，死了很久
（这件麻烦事，让看门人几乎忍无可忍）
橄榄油、蛋白、芥末和水、肥皂泡沫
再加上洗胃器，救回人们熟识的人
每天下午，大家都能在咖啡厅找到自己的熟人

巴黎，1922 年

《三个故事和十首诗》

与青春一起

一块豪猪皮
因为制法出错变硬了

它是在某处死去的

吃饱了的角鸮

自以为是

黄色的眼

人们用轻蔑的目光注视着寡妇

被尘埃抹黑

一大堆旧杂志

男孩们放信的抽屉

充满爱意的诗句

一定也在某处终结

昨日的讲坛已逝

与青春一起

独木舟在河岸上破碎

密歇根，森尼的那座宾馆被烧毁

注定了这将是不平静的一年

巴黎，1922年

《三个故事和十首诗》（1923年）

欧内斯特的挽歌

我知道修道士晚上都会自慰

宠物猫们扭动着身躯
女孩们轻柔吮吸
然而
我还能做什么
拨乱反正

巴黎，1922年

《横截面》（1924年秋）

时代的要求

时代要求我们歌唱
却又割掉我们的舌头
时代要求我们前进
却手持铁锤用塞子堵住
时代要求我们跳舞
却要我们穿上铁裤
这是时代的要求

巴黎，1922年

《横截面》（1925年2月）

吉卜林

一只母猴望向大海
新来的猴子在树上唱着悲歌
大家都觉得哈罗德描写得很生动

后记
这是一个大手术（在英语里
军事行动和手术是双关）
但为了拯救国家
对部落做一次截肢手术
又算得了什么

巴黎，1922 年

史蒂文森[1]

头顶夜空无限
待我躺下，覆上新棺盖

哦，看我怎样不断创新
但是我需要的不只是个遗愿

巴黎，1922年

---

[1] 罗伯特·路易斯·史蒂文森，他的墓上铭刻着他亲自撰写于自己生病时（1879年）的一首著名《挽歌》。

> 在宽广高朗的星空下，
> 挖一个墓坑让我躺下。
> 我生也欢乐死也欢洽，
> 躺下的时候有个遗愿。
> 几行诗句请替我刻上：
> 他躺在他向望的地方，
> 出海的水手已返故乡，
> 上山的猎人已回家园。

罗伯特·格雷夫斯

头脑留给金融家
旗帜留给兵
啤酒献给英国诗人
我只要烈性啤酒

巴黎，1922年

我戒了野女人

我戒了野女人
白兰地和那些罪恶
因为我恋爱了

巴黎，1922年

沥青

大草原的绿草很齐整……
耕犁打破了宁静
卡车碾过街道

留下道道裂痕

沥青，说到沥青你能想到什么

意大利人[1]，他说，说到沥青就能想到意大

利人。

巴黎，1922年

月光下的大海……

海獭潜水了

月光下的大海像一幅油画

海獭潜水了

海水很冷、不断汹涌

巴黎，大约1922年

诗一首

我唯一爱过的男人

说声再见

便离开了

---

[1] wops指移居美国的南欧黑肤人（尤指意大利人），美国人歧视意大利人。

在皮卡第（法国）被杀身亡

那天阳光明媚

巴黎，1922 年

黑森林

黑松山的白桦林

似银狐雪白的皮毛

他们在车厢用德语喃喃

我们正在蜿蜒向上

穿过隧道

火车吐着黑烟

幽暗的山谷，河水悠悠

岩石堆砌，白墙围起

凝重的房屋

青绿的地

树木林立

鹅群悠闲

一个吉普赛人说

他希望在这片净土终了此生

巴黎或德国某地，1922 年

他们创造了和平——什么是和平？

土耳其人都是绅士，伊斯梅特·帕夏有点耳背。

但亚美尼亚人呢？亚美尼亚人怎么样？亚美尼亚人很好。

柯曾大人喜欢年轻人。

奇切林也是。

穆斯塔法·凯末尔也是如此。

他发动了战争。他就是这样的人。

柯曾大人不喜欢奇切林，一点都不。他的胡子稀稀疏疏，双手冰凉。他总是在思考。

柯曾大人也喜欢思考。

但他的个子更高些，去了圣莫里茨。

奇切林并没有戴帽子。

哈亚实男爵坐着汽车来了。

巴吕雷先生收到电报。

马奎斯加罗尼也收到电报。

他的电报是墨索里尼发的。

墨索里尼有一双黑眼睛，身边站着警卫。

他照了张相，相片里手中的书是颠倒的。

墨索里尼很出色。

每日邮报评论。

我很早就认识他了。那时没有人喜欢他。

即使我本人也不喜欢他。他是个坏人。

问巴吕雷先生。

我们都喝鸡尾酒

喝一杯怎么样，乔治？

来，喝点鸡尾酒吧，将军。

午餐的时间就要到了。

咱们做点什么吧，别这么无聊。

今天早上，你们几个年轻人都知道了些什么？

噢，他们很聪明，他们很聪明。

将军阁下，今天的分会上我们请了谁？

斯达姆布里斯基先生上了山，又下去了。

更不要说尼泽洛斯先生了。他很坏。

看他那胡子你就知道了。

查尔德先生倒不坏。

查尔德夫人胸部很平。

查尔德先生是个理想主义者。

　　他为哈丁的竞选写过演讲稿，打电话给参议
员贝弗里奇·阿尔伯特。

　　你了解我。

　　林肯·斯蒂芬斯是和查尔德一伙的。

　　大写 C 让这个笑话听起来更轻松。

　　接着是摩苏尔

　　以及希腊主教

　　希腊主教怎么样？

巴黎—洛桑，1922 年

《小评论》（1923 年春）

美国人

　　我喜欢美国人

　　他们跟加拿大人如此不同

　　他们不把警察当回事

　　他们会去蒙特利尔喝酒

　　而不是去批判。

　　他们声称在那场战争中获胜。

　　但他们其实知道事实并非如此。

　　他们很尊重英国人

他们喜欢到国外生活

他们不会吹嘘自己的沐浴方式

但是他们很讲卫生。

他们的牙齿很好

他们一年四季都穿必唯帝内衣

我希望他们不要吹嘘这个

他们的海军实力世界第二

但他们从来不谈论这个

他们愿意让亨利·福特做他们的总统

但他们不会投票给他

他们看穿了比尔·布赖恩

他们厌倦了比利·森迪

他们中的男性成员发型很古怪

他们在欧洲似乎很难呼吸。

他们去过那里一次

他们制作了《巴尼·谷歌》《马特和杰夫》

还有《吉格斯》

他们不会对女性谋杀犯处以绞刑

他们让她表演杂耍

他们读星期六晚报

还相信圣诞老人

他们去挣钱时

他们可以赚很多钱

他们是很不错的人民

大约1923年

《多伦多星报周刊》

加拿大人

我喜欢加拿大人

他们跟美国人如此不同

他们晚上回家

他们的烟草味道不错

他们的帽子很合适

他们确信赢了那场战争

他们不相信文学

他们认为艺术太言过其实

但是他们的溜冰表演很精彩

他们中一部分人很有钱

但是，他们有了钱会去买很多马而不是汽车

芝加哥称多伦多为清教徒之城

但拳击和赛马在芝加哥是非法的

没有人在星期天工作

一个也没有

这不会让我感到抓狂

这里仅有一种五叶地锦
不过你看到过矢车菊吗？
假如你开车撞死人
你就得去坐牢
所以没有人会这么做
在芝加哥
迄今为止
已有超过500人死于车轮下
在加拿大发财很难
但这里赚钱很容易
这里有太多喝茶的去处
但这里找不到夜总会
假如你给侍者两毛五做小费
他会说"谢谢"
而不是叫来几个彪形大汉
他们任由女人在电车上站着
即使她们很漂亮
他们都赶着回家吃晚饭
他们还听收音机
他们是很不错的人民
我喜欢他们

大约1923年
《多伦多星报周刊》

舞会

到了
房间里人头攒动
跟老板握手

老板笑容可掬
大家兴高采烈
办公室的门卫该下班了
门卫低声耳语
去大厅的路途漫漫
关着的大门
玻璃制器叮当作响
大门开了
一排排的玻璃器皿
东道主出现的画面
东道主脸上的表情
东道主和老板在一起的画面
老板脸上的表情
几个贵宾的画面
不和谐的气氛

使者的请求

发号的施令

东道主、老板和贵宾压制了喧嚣

一阵不安的感觉

不安的感觉进一步加强

退场

踏上门廊的脚步声

门卫的笑声

根据家庭成员和老朋友的指示

门卫发表了声明

门卫又轻笑了一次

萌生杀死门卫的想法

悲伤再次回到舞池

大约1923年

《多伦多星报周刊》（1923年11月24日）

赛马游戏

朋友来电

说帕姆利科湾有一匹马很出色

开门把朋友们迎进办公室

拿出现款

研究名单

突然

有人从办公室神秘消失

时间停止、静心等待

办公室内的朋友们心情激动

外出买报

查询结果

上楼梯时的忧伤

希望报纸印错

报纸上的结果

正如我们所料

朋友在办公室的态度

悔恨的情绪

变轻的工资袋

欲哭无泪

大约1923年

《多伦多星报周刊》（1923年11月24日）

西班牙之魂

一

在雨中，在西班牙的雨中

西班牙会下雨吗？

是的亲爱的，这个国家会下雨

而且雨天是没有斗牛的

舞者会穿着白色的长裤子跳舞

向你婶婶大吼是不对的

来吧

叔叔我们回家吧

家是心的归宿，家是屁的归宿

就让我们放屁都放在家里吧

对于家和屁来说，都是没有任何艺术可言的

我想说的应该是：在家里的生活

应该是自在、随意（像放屁）一样轻松自如

民主

民主

比尔说民主制必须实施

民主向前冲

冲

冲

冲

比尔的父亲从来不同民主人士坐在一起

现在比尔说推进必须民主

推行民主

民主是个屁

独裁者是个屁

门肯是个屁

沃尔多·富兰克是个屁

布鲁姆是个屁

达达主义是个屁

登普西是个屁

以上清单并不完整

他们说埃兹拉是个屁

但是埃兹拉人很不错

让我们给埃兹拉建造一块纪念碑

一个很雄伟的纪念碑

你做得很不错

能再做一个吗？

让我尽力再做一个吧

让我们大家一起努力再做一个吧

让那边角落里的那个小女孩也做一个

快过来，小女孩

帮埃兹拉做一个

很好

你们都是很成功的孩子

让我们重新把这里清理一下

戴尔给普鲁斯特建了一个纪念碑

不过纪念碑只是一个纪念碑

毕竟真正有意义的是它象征的精神

巴黎，1923 年

《横截面》（1924 年秋）

二

你每次来到西班牙，都不会常驻。

安娜·维罗妮卡，玛莎·维罗妮卡，

巴勃罗·维罗妮卡，吉坦尼罗·维罗妮卡。

他们不是真境实相，

因为已被风吹散。

刮风了，不下雪，

看那头鼻子流血的公牛。

三

西班牙没有夜生活。

他们晚睡也晚起，

这不算夜生活，这只知道把日子向后拖。

夜生活是你喝醉蒙头大睡，早晨照样能醒来。

夜生活是人人口里喊着"这算什么东西！"

你不记得是谁付了账单。

夜生活是天旋地转，

你盯着墙才能使世界停止转动。

夜生活是推杯换盏，

如果你算计着喝了多少钱，

那可不叫享受夜生活。

四

过了一会儿

斗牛还没开始。

没有斗牛？这算怎么回事！

没有斗牛，你说没有斗牛不会是真的吧！

但是，确实没有斗牛比赛。

五

我们登上一列火车，向某处出发。

六

（斗牛结束阶段的）刺牛阶段，

割破它的喉咙，刺了又刺。

他们挥着帽子转着圈跑，

公牛先是左冲右撞，

终于弯下膝盖跪倒在地，

舌头伸出来，钝刀刺透，匕首没入。

完美的穿刺获得阵阵掌声。

著名埃斯巴达勇士的精湛技艺。

他们要在号角响起后用短刀将其杀死。

短刀是指那种短粗的刀，短刀能控制伤口形态。

女人注重细节，

这就像关掉一盏电灯一样精准。

巴黎，1923 年

《横截面》（1924 年 11 月）

致战争中的中国人

你停止了呼吸
身体被扶起
你的脸悲戚无声
目前的状况
由你的死亡勾勒
我们不愿相信你离开了
你的军靴脱落了太多次
我们喝过很多美味啤酒
我们观赏日出
诅咒雨天
它或冲坏道路
或让河水变黄
飞机也会因此受困

巴黎，1924 年

某天，当你被扶起……

某天，当你被扶起
身体僵硬

难以搬运

你的死勾勒出目前的状况

我会回想：我们如何谈论用手中的残剑敲打
地面的米歇尔·内伊，

在香园的台阶透过树叶看到的雕像，

以及透过这个雕像我们所看到的东西。

我会记住你如何背着我的包裹翻过圣伯纳德。

我们常常在一起醉酒。

狂饮啤酒，狂饮威士忌，狂饮葡萄酒，

狂饮很多次，一直很开心。

在米兰狂饮堪培利开胃酒。

在科隆狂饮维特泽尔。

在山上狂饮。

晚上，晚饭前，

喝点爱尔兰威士忌和一些水。

在潘普洛纳，在速佐外面的白藤椅上喝苦艾
酒。

说我们的工作，谈论国家大事，

提起我们的熟识、马和斗牛，

还有我们曾经去过的地方，

计划和各种方案，以及缺钱，透支了怎么应对，
又说回国家、喝酒和射击的乐趣，

喝酒时，我常自吹自擂，

你从不介意。
关于爱尔兰，
你预言过格林斯和格里菲斯的死亡，
俄罗斯契切林的笑话。

巴黎，1924年

女诗人（附带脚注）

有一位女诗人，她是个色情狂，她专为《名利场》写作[1]。

有一位女诗人，她丈夫在战场上阵亡了[2]。

有一位女诗人，想要她的情人，但害怕怀上他的孩子。

后来结了婚，她发现自己不能怀孕[3]。反而是又担心丈夫悔恨

她跟比尔·瑞典睡过，她变得越来越胖，
靠写低俗剧本发了财[4]。

---

[1] 学院色情狂，出自《纽约论坛报》首席社论作者的很受欢迎的抒情诗。

[2] 出售了她的作品。

[3] 受州立大学的一位男青年的青睐，美妙而又无法获得回报的爱。

[4] 由于经常喝酒导致肠胃不太好，希望能很快有好的作品。

有一位女诗人，从来没有吃饱过[1]。

有一位女诗人，她很高、很胖，她不是笨蛋[2]。

马尔拉的一首诗

人人举步，大家前行

你也要向前迈步，高纳

乔斯一直向前不回头

胡安紧跟着，你也快跟上，高纳

马格丽特向前迈着步子

阿门卓向前迈着步子

我也一直在前进，高纳

只有两步，你只要走两步

跟我们一起迈步，高纳

你可以到大那个标杆

你掌握了所有的技巧

---

[1] 从她的作品中可以看出。

[2] 她抽了很多雪茄，但她的作品不好。

拿出男人的样子，高纳

现在要出发了，该我们上场了
看看你能不能向前迈步，高纳

人人都在迈步，你也要迈步
你最好抬脚，高纳

潘普洛纳或巴黎，1925年

情书以及其他作品　1926—1935

诗一首

现在有了
新托马斯主义
全能的主，是我的牧羊人
我也不会需要他太久

巴黎，1926年

《羁客》（1927年春季刊）

作家懂得所有事情……

作家懂得所有事情
他反复地展示

他的内衣

比太阳还要重要

开始著述一部作品

意味着理清很多细小的事情

作家的妻子或老婆们

给我一点帮助或一堆麻烦

有些作家以穷人为创作主题

描写下水道工人的生活方式

故事的内容围绕着排水沟

作家之间相互伤害

另一些作家以富人为创作主题

他笔下的人物都是混蛋

他写的女人

互相认为对方被奢侈的欲望束缚

在他们的眼里也是如此

还有些作家描写高兴的事

赚了很多钱喝酒喝到死

用香槟泡沫忘记痛苦

还有些作家知道自己写的东西毫无意义

明明知道

却随波逐流

巴黎，1926 年

我想我从来没有踩踏……

我想我从来没有踩踏

在蓬松如草地的物体上

无知的心从铁路的轨迹

汲取着智慧

脚下的土地

孕育出的南瓜藤和甜菜

匍匐在大自然的胸膛

它为云雀提供了巢穴

愚蠢的人类造就了树林，

就像上帝一样

把它们推到了地面之上

后记

主就是爱，爱就是大地

让我们一起崇拜主

造物主那奇妙的双手

创造的器官

这样我们可以模仿他的智慧

理解他造的物

巴黎，1926年

《纽约时报杂志》（1977年10月6日）

谷物酿造的酒精

一粒粒谷物酿造的酒精

一点杜松子酒

喝出了奇思妙想

喝出了双下巴

住在阿尔冈昆

美丽的帕克夫人

宠爱她的小狗鲁宾逊

她始终洁身自好

现在，海明威先生

戴上了眼镜

可以更好地

去拍评论家的马屁

新韵诗

麦格雷戈先生和本奇利[1]先生在一起时

都是好天气

巴黎，1926年

悲剧女诗人

有一位女诗人

活得很累，她很悲惨

她的生活空洞无物，就像她已抽离

你手握一把剃刀

换上新刀片避免传染

割开你的手腕

疤痕蔑视着查看

谁在暗处窥视着

那个并不遥远的国家是他的目的地

无人到达，无人归

依然到时间就会呕吐

束缚住你的手腕

---

[1] 罗伯特·本奇利是幽默作家，《纽约客》名下的《名利场》专栏作家。他早年在阿尔冈昆生活。

你可以看见他的小手已经固定
你要等待数月之久
这就是问题所在
你喜欢狗和他人的孩子
你憎恨西班牙人，因为他们对待驴子过于残忍
希望公牛能杀死斗牛士
西班牙的调子就是俩人一起喝杯茶
你说不许任何人在你面前
提到西班牙这几个字——
你曾见过它和赛尔蒂斯一起
哦，上帝啊，他的老婆和一个肺痨
你讥笑周围的一切
穿过西班牙北部，卡斯提和安达露西亚
西班牙人偷盗
犹太人在你的肥屁股上放肆
在塞维尔神圣的一周
忘记了我们的神和他的罪过
你周身无损，回到巴黎
为纽约写下更多诗歌
在露提西亚坐一整天
在雨天讲有关葬礼的笑话
一点都不悲伤

因为你不认识那个人

咏唱那些虚无的调子

你过去作的恶将被仁慈赦免

离去的人给你留下的是一段美的回忆

这双小手表演得太迟了

不是还有一双小脚吗？

在马拉伽，医院外的街灯闪烁

一个叫里特的男孩

从死亡的世界返回，却发现他们

未经许可取走了他的双腿

说是为了清理伤口

就切下了臀部以下的整条腿

承受着无尽的失望

暴徒们知道他在死于坏疽之前无法再战了

他像马尔拉一样绝望地死在床上

虽然马尔拉从床上滑下来，最终死在了地板上

在床下蜷缩着身躯

胸部插着的管子坏掉了

他面带笑容

被涎液堵塞气管，窒息而死

他抽搐着幻想自己又回到了孩提时代，

在校车第三排的座位下钻行

他卷起斗篷做成枕头
一个名叫瓦伦汀的老人
在十八岁那年爬上了米格雷特的高塔
西班牙报纸说，在人行道上被碾碎了
他的孙女曾说他是个麻烦，他确实越来越老
一个叫加姆·诺艾恩的男孩为了爱情
把三英尺长的爆炸物塞进了自己的嘴里
不知道为什么
居然存活了
成了恐怖巡回剧团的主力
走遍了加泰罗尼亚的所有集市
在充满阳光的西班牙，
每天有十五则左右的自杀新闻报道见诸极端
还常常出现"窒息"之类的题目或者是"溺亡"
这样一来，
悲剧的女诗人就被言论制造出来了

巴黎，1926 年

一位女士的肖像画

[摘录]

现在我们要用一首小诗描述它。诗歌未必美妙。诗歌可以很轻松地嬉笑以对，不必非要有什么深意。所谓有意义的诗，其实是心怀不满的人书写的，一个满心妒忌的男孩可以写出这样的诗。一个像往常一样醒来吃饭的人是写不出什么好诗的。诗歌不会提及美好生活。因此英国出不了好诗。一首小诗就能触动某人的痛处。诗过之处，乌鸦都会远离。诗歌甚至能让人永生。一首不描写爱情的小诗。一个不识善物的人写的诗，是一首酸诗，这样的诗是低贱的。诗歌不识值钱的文体。为什么要写这样的诗歌呢。诗歌就是诗歌。诗歌让我们的写作更优秀。诗歌可以写得更好。诗歌，诗歌是这片国土人人都知道的东西。诗歌也是这个国家的人从未认真思索过的东西。

没用的诗歌，诗歌还是诗歌吗？

格特鲁德·斯坦因从未疯狂，从不懒惰。

现在都说完了，如果它是一些你在意的东西，它确实造就了很多不一样的东西。

巴黎，1926 年

续篇

那么，如果她死了
你写了一些与之相关的东西
你或许是个作家或许是个狗屁
迷迷糊糊地在夜里再次睡去
自己思索或告知某人
他们的思想是混沌的
但是他们的肉体却在合适的地方停留
你付钱给他们，有时他们也很喜欢
比你自己更热切地感受你的伤口

巴黎，1926年

铁轨延伸到尽头，但不会相交

铁轨延伸到尽头，但不会相交
太阳落山了
河流奔涌却从不竞争
流淌却从不深陷
莱文，希伯来高手莱文

天空泛起的鱼鳞白是水手的最爱
大地渐绿
如同浩瀚的海

巴黎，1927 年

问候

致李·威尔逊·多德先生或他的朋友——
如有需要的话
唱一首批评家之歌
口袋里装满了碱性液体
二十四个评论家希望你会死去
以便他们可以成为第一个
成为第一个欢呼的人
幸福的衰减或迅速腐烂的信号，
（他们极其消沉、经不起小小的挫折，
被命运束缚，庸俗、冷漠、麻木、魔鬼、打手、
男妓，
这迅速腐烂的信号
他们就差没穿上吊带袜了。）
朋友们，如果你不喜欢他们

你有一个选择
把他们当手纸用掉吧
把我的问候送给你们。

……

巴黎

《小评论》（1929年5月）

诗歌1928

他们说一切都结束了
现在需要的，是秩序
不是实质性的东西，是虔诚
我们必须满怀善意，或朝这个方向转变，
我们的作品必须带来一些有意义的东西
有益于道德，
虽然索然无味，但必须源于经典，
如果我没记错，很多这样的作品已经完成
比如，乱伦、强奸、战争
还有很多肮脏的故事
奥维德、詹姆斯，这会变成什么样？——
但是我们，我们杀过人

我们参加过海外战争

埋葬过我们的朋友，埋葬过我们的父亲；他

们因为经济问题选择了自杀——

　　一个美国人拨动枪栓把自己送回了老家，

可能是柯尔特手枪

也可能是史密斯·韦森手枪

他是我们母亲的老相好

我们玩过许多不同国家的女人

经历了很多趣事，得了传染病

治好后，结了婚，生了孩子

我们经历着，反抗革命，反抗反革命的革命

我们经历过多届政府

很多好人被谋杀

战争期间我们到过特洛伊

去过弗兰德、阿图瓦和皮卡第

（我在记录事实）

我们在小亚细亚见证了部队的溃败

并沉没大海

我们住在国外就像住在自己的国家

会说、听得懂这些国家的语言

知道这些人在说些什么

我们拥有的东西，是一篇评论文章无法剥夺的

专家们达成的一致建议也无法将其抹杀
追求秩序的过程中会发现
尊重生活经验是一种必需的品格
他们也许，准确地说，
他们不会从那些书或作品中发现任何东西，
他们不能读进去，但是，
如果我们坚持下来，如果我们没有被摧毁，
因为坚持，我们经受住了时间的考验，
我们没有被轻易打到
我们将继续写作，他们不会读它
但是，如果他们有孩子
他们的孩子也许会

柏林，1929年

渺小的威尔逊先生

渺小的威尔逊先生
写了一本微不足道的书
麦克斯·潘金斯将其出版
（斯努克先生的一位朋友）
没有人愿意去读它
威尔逊很迂腐

假如你想和你的女孩玩得开心
唠叨的威尔逊太"多情"
所以那些"孬种的"评论
所以那些"没用的"老婆们
送给海明威先生
鸡皮疙瘩满地

　　　比灵斯，蒙大拿州，1930年10月30日

　　　《纽约时报杂志》，（1977年10月16日）

给儿子的建议

永远不要相信白人

永远不要谋杀犹太人

永远不要签订合约

永远不要去教堂

不要参军

也不要娶几个老婆

永远不要为杂志写稿

永远不要用手抓你的荨麻疹

把报纸放在座位上

不要迷信战争
让自己保持干净整洁
千万不要跟妓女结婚

永远不要屈服于勒索者
永远不要打官司
永远不要相信出版商

否则你将会睡在稻草堆
你所有的朋友都会离你而去
你所有的朋友都会死去
所以，干净健康地生活吧
然后在天堂与他们相见

柏林，1931年

《精选集：1932》

司各特·菲茨杰拉德给演员提词时的胡言乱语

从伊甸园跑题到茫茫大海
（安提比斯，滨海阿尔卑斯）
灰暗从何而来

站在高度束手束脚，使他感到焦虑

放纵自己？不

一些侍者？是的

温柔轻抚绿草的嫩芽

愉悦的不是菲茨的鼻孔

走过灰暗移至碍眼的海

比我们欠埃利奥特的债还沉重

放纵他们，放纵自己

两人最终

球形、胶着、空隙

起义输给了美景

惊吓中，自然

不再做作

碧波涟漪不会带来沉没

陷入不快的沉思

基韦斯特，1935年

告别 1944—1956

给玛丽的第一首诗

我只爱单词，试着用它铸造短语和句子
轰炸机无法摧毁，它比我们的生命还长久
很久以后（请幸运之神在我措辞的时候降临）
（然后再多恩赐一点幸运，
灵感一来，我就一气呵成）
现在来到一个城市
（我在这里没有立足之地，
不愿长时间待在水上。
我了解并信仰杀戮。就算不信仰也会熟能生巧。
我无法向人们解释。双眼被水面反射的阳光
灼伤。
我的心、我珍视的东西，被海龟囫囵吞掉了，

我所有的希望就像一块沙滩，
一个月前红斑鱼刚在那里产过卵。）

现在来到这个城市，
累了、怕了，陪伴我的只有头痛，
它很忠诚、实在，永远不会离开我。
以前，我的头痛并不像现在这样如影随形，
所以它也不知道自己变成了累赘。
它不知道我们都是需要独处的。
它是很友好、很真诚的头痛；
我不想让它知道它使我感到厌烦。
它只有在飞机上才会离开我一会儿。
我会戴上耳机，似乎对它有点不忠，有点自私。
飞行的时间长达数月，
通常一次飞行后只能停留一周左右。
但我从来没有让那头痛知道，
怕会伤害它的感情。

我坐在房间等着去战区。
没有带儿子，也没有带猫。
多尔切斯特首府的前厅没有芒果树，
有一个五英尺的洗脸盆，

流出的水同夏天池塘里水的温度差不多。
他的船在遥远的海上，
他的人被驱散了，
他的武器上缴给了当局。
上缴并做了精确的记录。

这场战斗将是另一个人的战斗，
我们不过是些包袱。
四个人搭乘一辆吉普。
你只有两个选择——醉汉或骗子。

的确，这不是好的结局。
不是我们希望看到的结局。
不像我们看她起床时，我们闭上干裂的嘴唇，
内心却很愉悦。
也不像我们所想的，在漫漫长夜头戴耳机站
在桥头。
不像我们带她到港口时那样。

沃尔夫在哪里？帕克斯蒂在哪里？
但她却来了，谁在乎这些混蛋？
反正我们不在乎，我们都明白，

并且一直试着结束这种现状，
保住我们将来能拿到的那点钱财。
但你不能在这个酒店用这笔钱。
不然的话，别说要靠它吃饭喝酒了，
在那之前我就得先饿死。
我甚至不能去会见审查员，因为有些东西变了；
不是那些文件而是我自己。

后来，我想家了。
帕克斯蒂奇从驾驶室里取出装甲，
以便在海上轻装行驶，
他坐在那几桶汽油上，
我们关闭舱门时也不会掉下来。
沃尔夫正站在浮桥上，
他脸颊上的肌肉上下抖动。
大叫着："爸爸没事。不要担心，爸爸过一
会儿就好了。"

我坐在这个城镇，想着家，
孤单地感受着大海。在城里时，想避开它。
想着我的大海和我的家人——享乐着、病着、
孤单着。

头痛不重要。我跟那些恶徒们玩得很开心，并不悲伤。

别担心，沃尔夫。

永远不必担心，我向你保证，什么事都不会发生。

晚上，我选择了独自一人，

注视着钟表，时间伴随着滴答声流逝，

假如她突然出现，用钥匙轻轻把门打开。

她柔声说："我可以进来吗？"于是可以看得见摸得着，把你游离的心重新带回来；

她治愈了你的孤单，把留在船上的东西带回来。

别担心，沃尔夫，永远不要担心。

我很好，永远不会改变。

我们有得有失，船一开，什么都不能打扰我们了。

就算哪儿开战了，也是如此。

（迟些，我还会写信告诉你更多。）

伦敦，1944年5月

《大西洋月刊》（1965年8月）

致玛丽（第二首）

他现在睡了，和一个死去的老妓女

他，昨天，拒绝了她三次

再重复一遍，他现在睡了

和一个死去的老妓女

暂停。等着他们相互靠拢，继续

你拒绝了她没有

是的，三次

跟着我再说一遍

你是否把这个死去的老妓女

当做你合法的结发妻子

跟着我再说一遍

是的（我有），是的（我有），是的（我有）

阵亡6名军官，61名士兵，时间：九月十三

日午夜——

九月十四日午夜

跟我说六十七遍

是的（我有），是的（我有），是的（我有），

六十七遍。继续，还要继续。

下次战争，我们会把亡者装进透明棺中

下次战争，我们会把亡者装进透明棺中

军方会给大家带来K型口粮

军方会给大家带来K型口粮

人人都能接受斯佩尔曼大主教的洗礼，

一个小小的、完美的、自动充气式主教

（带有空气控制装置

只 需 重 复 展 开 —— 密 封 —— 充 气 —— 展

开——密封的动作即可）

这些你就不要跟着我说了，

这已经不是仪式的一部分了。

大家都走了，这些是说给自己听的

你当时独自一人，到现在仍是如此，

直至永远。

承诺的时候，常用到"永远"这个词，

其实毫无意义。

所有的军官、士兵都要提供一张挚爱的照片，

虽然与照片中的人再难相见。

然后，这些照片会通过适当的途经

归还给所有者

我的挚爱是玛丽·威尔士

当然，后来我拿回了照片

但是，那天，我不会接受

斯佩尔曼大主教的签名
你也不会，你也不会，你也不会

你们可能会离开，所有的人，
尽可能安静地离开
尽你所能离开。你们也许能找到他。
你们可能把他吊死了，
或者用你们认为合适的方式把他处死

今天，没有人会用俚语，因为表达明确是最
重要的
只有"肏"这个字保留下来了，
但它只能做形容词用
"坚持到底"，这个词也保留下来了
它的意思：在无法改变结果的情况下继续忍受
我们懂得缓步前行，
我们会用充满爱和怜悯的目光相互注视
婴儿在出生一百天后才能具备这种属性
愤怒、生气、害怕、怀疑、指责、否定、误解、
懦弱、无能、缺乏天分
所以这些都会被果断、坚决、勇气、敏捷思维、
打斗展示出的机动性等抵消

但是现在，只有爱和怜悯才能经受岁月考验，
只有爱和怜悯

再说一遍，只有爱和怜悯
本杰明·富兰克林呢？
（迷彩服，军官，士兵，午夜，
九月十三——九月十四）午夜
不，那不是怜悯
本杰明·富兰克林也不行
对，只有爱与怜悯
你怎么能这么说呢
你怎么能说别的呢
不是我们要求太多。不是我们愿望不断，
不是我们索求无度，
也不是我们想要多么的伟大。但是当他们离
开那片隐匿之地，没有人返还，他们尚未抵达目
的地，
他们离开了这个我们无法言喻的地方。
这些逝者的内在比任何一枝玫瑰都要鲜活动人。
用死亡承载、未流出的泪水灌溉的，
这一天，饱含爱与怜悯的花朵绽放

不是为了他们，对不起，

不是，这并不完满

没有痛悔，没有该死的痛悔

只有爱与怜悯伸出你的手，去牵"爱"那灰

暗的孪生子——"恨"

与她同行，翻过那座小山，

去看"爱"是否还在山顶等候。

如果她已不再，又是被谁取代

我是否告诉过你，我的心是最合适的靶子

"爱"那位可爱的姐妹（恨）

深深地冷酷着，无忧地前进着

试图达成无望之事

虽然不会完全的错误

但正确的也不会超过五成

试图留住两手无法掌控的东西，

"爱"轻易离开，没有留下只言片语

"爱"悄悄走了，没有留下一丝痕迹；

她阴暗的姐妹乘虚而入

填满每一处缝隙

字体娟秀整洁，

而"爱"字迹通常难以辨认

她会微笑着草草写几行字

并不注重页面的美观

你觉得高山之上会有她的身影吗

不，她（爱）离开很久了，

她从不会起身争斗

深深了解战争的愚蠢

"爱"总是消失，将已被遗弃的仪式留给我们

就像一个人在刚被屠戮过的村庄，

发现桌上有晚餐

现在，我们接受了它，

在我们的脸上留下痕迹，

就像嘴边蛋黄的残渣，

而当时的情况是鸡蛋奇缺，

我们又对之渴望无比

带着它和我们挚爱之人的新照片，

朝向城外高地。朝向那个安逸，我们曾经否定过的笑容

现在，大家正缓慢地、步履沉重地移向那座小山

抬起脚步漫漫移向他们熟悉的地方

脚步机敏而谨慎

约翰的脚，哈利的脚，明白事理的双脚
永远不会离开
现在缓缓移动双脚
让脚走在没有犁过的耕地上
让脚带领你向前
前往播过种的地方
前往你将会死去的地方
通过特定的渠道回到她的身边
歌曲会帮助你回到她的身边
他们会对别人做什么
就会对你做什么
如果你没有经历过痛苦
上帝会帮你渡过难关
前进，圣斗士们
向着一个妓女行进
带着玛丽·威尔士的十字架
（请把你的爱扔掉）
你必须慢慢地，并开始祷告
对着空气祷告，对着虚无祷告
现在再说一遍
他现在沉睡了
和一个死去的老妓女

他，昨天，拒绝了她三次
如果你知道，如果你想到
如果你也是这样，如果，如果，如果
（这不是圣诞节拉迪亚德、吉卜林
在伊利诺斯州橡树园写给你的那首诗）
但是，另一个如果
比哈姆雷特的假设还要久远
深夜里，长满密林的心中，
我们要面对那老旧、久远、丑陋的假设
一直走出然后深入一片空地
总是以看到营地的篝火告终
现在，重新回到林木茂盛的山上
如果前行不够坚定
如果没有那么多如果，我的真爱
我们浪费了本不该浪费的

我们背叛了不可侵犯的
我们破坏了永恒
只剩扰人的野火
再无他物
我的心就是一个合适的靶子
我们全被禁锢

本来不该是这样的结果

我没有去过那个地方

没有人去过

没有人看到，你和我的推断一模一样

尽早做出你的推测

努力得出一个不会落空的推测

如果我们是天主教徒

今晚会是个奖赏之夜

今晚，尤其是今晚

尤其对斯佩尔曼大主教而言

离圣诞节还有八十九天

我们今天都会死去

向圣诞老人欢呼吧

老人和小孩一样

向圣诞老人欢呼吧

五彩缤纷的烟火在天空绽放

向圣诞老人欢呼我们天赐的真爱被它照亮

向圣诞老人欢呼

圣诞节倒数九十九秒

向圣诞老人欢呼吧

我们把真心话都说出来

向圣诞老人欢呼吧
圣诞节已过
站在这个光秃秃的山顶，向四周望去
它的侧翼被圣诞树覆盖
可以看到很多远山

所以，玛丽，现在我爱你爱得坦白，爱你爱得真切。

送这首诗给你，是想让你知道：

我们今天在丛林里遇到了棘手的麻烦。

伤亡惨重，战士很疲惫。

发生了太多不该发生的事，每一次都是致命的。

我失去了对很多事情的辨别力，但对这些事情之外的事情却看得很清楚。

很难一言道尽。

这不同于在船上，我们曾经在船上等待。

这就是我们等来的结果，这就是发生在你我身上的结局。

我一点都没有想到自己，算我再次吹嘘吧；

亲爱的，我只想到了你，只是这点牵扯到了我。

我给你写了一封很晦涩的回信；

亲爱的，那是因为我累了，有点空虚。

总之，我必须告诉你

我给你写信是因为我爱你。

　　　　　　　　　　　　欧内斯特。

　　　　　　　　　巴黎，1944年9—11月

　　　　　　　《大西洋月刊》（1965年8月）

诗集

昨晚很忙

急匆匆地

忘了几行诗

细细回忆

今天想起来了

在潮湿、幽暗、阴森的大林地……

　　　　　布切特，法国，1944年9月24日

　　　　　　　　　《寻知》（1976年）

卢森堡的战斗

此刻，还活着

约翰·道夫提阵亡

降落伞挂在了树和高压电线上

我们所有隐蔽起来的人

正对着飞机开火

不相信一切，包括他的兄弟

只是对视野里的第一道光开火

赶快过来加入我们

为了这个周末，带上阅读地图的智慧

（这相当于剃须刀和睡衣）

带上战胜死亡的勇气

带着聪明、敏捷、明智的决策，明智而果断

的放弃的智慧

（这些相当于送给女主人的一份礼物；

一个仔细挑选的小礼物，品位不算太差）

带上无价值的东西

带上没用的东西

他们可能会把这些东西当做横幅举起

或者装进口袋里

我们去哪里就把他们带到哪里

他们像肥皂一样珍贵

（肥皂是由死马的身体制成的

那些马是骑兵的梦想）

钱没必要带

没人能花得出去

带上大便，带上狗屁

带上对这些王八蛋的仇恨

起风了，树木摇摆

接着就是丛林大火

快快撤退

顶住有个鸟用

给你们顶住有个鸟用

长官，我快尿裤子了

（对方火力很猛）

我们撤

怀特对0840发起了进攻

Ｍ.Ｇ.火力掩护

德国佬渗透到了我们后防

我们正在跟他们战斗

六国声明无论如何都要发起进攻

随之而来的蓝军

会扫荡渗透进来的敌人

我们撤

古巴，瞭望农场，1945年

疯狂基督徒

一只猫叫疯狂基督徒

它没有虚度光阴

它有一颗欢快的心

年轻而英俊

它知道生命的一切秘密

它总能准时起来吃早餐

在你脚旁跳来跳去地追逐毛球

它跑得比矮种马还快

它每一分钟都过得很愉快

它的尾巴就像羽毛一样伴随着身体摇摆

它如黑夜一样黑

像闪电一样快

秋天，如此优秀的它

偏偏被一只恶猫害死了

古巴，瞭望农场，1946年

为玛丽小姐而写

玛丽，现在你可以直视它了

在守寡时面对······
我们去过的地方，我们待过的地方
我们看到的一切
棕色的、黄色的、还有绿色的
大的，小的，还有不能确定的
既清晰又模糊
所以这些都是很美好的事物
它们像乡下的虱子一样爬到我们身上
直到我们把它们抖掉
我们不知道它们会从什么地方出现
现在，有它们所在的地方就是美好的
作为人类的成员，生活在某个族群中
你的付出是否得到回报，你是否交了税
你经常带着你的铁锹
铁锹很有用，很亲切，很甜蜜
而且它能挖得很深
如此的深，亲爱的
请安睡吧
还有，请记住我现在过得很好

巴黎，1949 年 11 月 26 日

全体人员

没听见重击声

他们跳起时没有发出声响

爸爸，那是理查德，一个小孩说

他转过头时我认出了他

但是内脏已经严重受伤

我们把头盖放回到伤口

果园下起了大雨

减轻了我们的旧痛和新愁

她就是光，为我点亮的光

谁能永远沉睡

世界上几乎没有永恒

除非大地把我们埋葬

那里应该没有马蹄声

可能会吧

我不知道

我们还是继续为了胜利比赛吧

继续排名，继续表演

巴黎，1949 年 12 月

一首笨诗

我与帕梅拉·丘吉尔

对坐着，心灵神会

开始对谈

当厌恶征服了我们的爱

我们可以轻易离开

当还有爱的时候时

任何事情都很难结束

我们离开，出发，去往何处？

这里会有什么样的宝藏？

当宝藏出现时谁又会知道？

谁会在遥远的地方注视着它

当看到宝藏并靠近时

他便不会再害怕

不要害怕，来吧

走近点，年轻人

所有的快乐可能都是悲伤

这是我与帕梅拉·丘吉尔对谈后

写的一首笨诗

巴黎，1949 年 12 月 20 日

在阿瓦隆的路上

白人有了钱就是有钱的白人
黑人有了钱就是有钱的黑人
他们在通往阿瓦隆的路上行走
野貂皮披在他们的背上
肩膀、袖子、衣襟
野貂一旦发育成熟
不必心存感激
赶快动手
也不要批判
别犹豫
自信点，不能动摇
你们这些混蛋、无赖
恶语像狗屎
会让你们加快脚步
狗会像人一样拉屎
但我更喜欢狗
说："阿门。"

巴黎，1949年12月22日

乡村诗

当杜松子酒喝完后
一切都结束了
接着，马匹、蜜蜂、三叶草
倾听我们的欢乐与悲伤
孩子们似乎知道了什么
没有吵闹
彪悍的马儿体格健壮
擅长在草沙路以及丛林中穿行
蜜蜂忙碌地来来往往
它知道自己的职责
战斗轰炸机从未战败
两两同行时更是如此
突然，左翼发生故障
哪位？谁在线，呼叫野狗、混蛋？

巴黎，1949年12月22日

旅行诗

出发吧，玛丽
我会这样对你说

去你想去的任何地方

旅行中，你能学懂经济和历史

去发现墙上的油画

没人非要画他的猎犬

也不必亲吻国王的屁股

出发前，你不需要知道任何事情

旅行将丰富我们的思想和身体

先是屁股，最后是我们的心

如果你能接受别人正在做的事情

无论是明是暗都能理解

但是，很少有人能做到

所以，出发吧，丢掉一切

丢掉一切，出发吧

一些人会找到画中的世界

其他人永远不会抵达

巴黎，1949年12月24日

给刚满21岁生日的女孩的几句话

回到宫殿，回到冰冷的家

她急速奔走，谁在寂寞中旅行

回到牧场，回到无情的家
她急速奔走，谁在寂寞中旅行

回到一无所有，回到孤单寂寞
她急速奔走，谁在寂寞中旅行

但是，先生们，从不担心

因为这里有哈利酒吧
利多（意大利一个小岛）有阿德拉斯（酒吧名）
在低斜背黄色汽车里[1]

欧洲人的出版社
蒙达多利并未付钱
恨你的朋友，爱一切虚假的东西

一些小马正在草堆吃草
每天清晨醒来，威尼斯还在那里
鸽子聚集、乞讨、进食

---

[1]译者注：海明威在利岛上并没有车。

广场上没有阳光
我们爱过的事物都在灰色的湖里

我们走的石头路，孤单地在它上面走着
像它一样孤单地活着
女孩愤怒地说，这一天将会像它这样
但我不会一直孤单

仅仅在你心里，他说，仅仅在你脑袋中
女孩又生气地说，但是我喜欢一个人
是的，我知道，他回答
是的，我知道，他说
但是我会是最好的，我会成为最棒的
当然，毫无疑问，我知道你会的
你有这个资格
将来某个时候再回来告诉我，回来让我看到你
看到你和你所有的毛病，看你工作有多努力
是的，我知道他的答案
按你自己的方式行事
早晨，头脑清醒时
晚上，消除所有的干扰
在没有暖意的春天

在寒冷的冬季
我们知道冬天很合适
在炎热的夏天
试着在地狱
把睡觉当做写作
把悲伤换成纸张
但别把自己搞得疲惫不堪
祝这个年龄的你一切顺利

古巴，瞭望农场，1950年12月

若你不想成为我的爱侣……

若你不想成为我的爱侣
我将吊死于你的圣诞树

古巴，瞭望农场，1956年2月14日

《寻知》（1976年）

附：长句诗[1]

你的母亲比我的母亲更漂亮

你的父亲比我的父亲更完美

晚上，你去我去的地方

但是我们没有一同去

一加一产生三的效果

如果有可能的话，还可以不失去乐趣

夜晚变得大同小异，祷文不能一直诵读

也不可能每天早上都得到回信

信是打字机打出来的

幸运的是，夜晚的火炉在燃烧，夜晚的灯光也没有改变，就像白天，就像白天一样无聊

一个小时和二十四小时里的任何一个小时是一样的，它来自上帝的密封盒，并准时打开。

其中包含了早餐，我们为了什么，我们做了什么，他们做了什么，给了我们什么？他们取消了我们的门票

夜晚，不再有未知的梦境降临我们的床边，现在

---

[1]海明威写文章以短句著称，本篇是利用英文本身的逻辑性来证明他能写长句子。

深夜已经和白昼一样。幸运的是，你的家人你的父亲
你的母亲你的妹妹而不是你的哥哥——除非我说你哥
哥不是在梦里——我不在这里，不在任何地方，就在
你床边。

　　但是你仍然会在夜晚去其他地方，在黑夜中这样的
夜晚如此美好。这不是一个爱的问题，我爱你不只是爱
你，并且你也爱我。而是：你要去什么地方，为什么要去，
如果这个地方同原来的地方没有什么不同呢，就像白天
同夜晚一样呢；为什么我会那么确定理解你所问的每一
个为什么一样是很简单的一个问题，让我用一种简单的
方法来描述你所提出的有着简单清晰答案的问题是一件
很简单的事，让你知道什么是什么是什么是什么的答案
不用绕几个弯也不会遇到不合理的困难。

　　我绝对希望答案是清楚的，现在我希望我们能思
考其他简单的问题，关于它是什么，它是什么，它是
什么。

　　我想我们已经经历了这个问题和文学的未来，我
可以告诉你们这些平凡的年轻人在这个时候肯定是不
会出名的。

　　　　　　　　　　　　　　巴黎，大约1927年